品味
唐詩
下

品味唐詩《下》

編著　賴佩羽
責任編輯　李文燕
內文排版　王國卿
封面設計　姚恩涵

出版者　培育文化事業有限公司
信箱　yungjiuh@ms45.hinet.net
地址　新北市汐止區大同路3段194號9樓之1
電話　（02）8647-3663
傳真　（02）8674-3660
劃撥帳號　18669219
CVS代理　美璟文化有限公司
TEL／(02)27239968
FAX／(02)27239668

總經銷：永續圖書有限公司

法律顧問　方圓法律事務所　涂成樞律師
出版日期　2018年03月

國家圖書館出版品預行編目資料

品味唐詩 / 賴佩羽編著.-- 初版.
-- 新北市 : 培育文化, 民107.02-107.03
面 ;　公分. -- (益智館 ; 18-19)
ISBN 978-986-95464-5-4(上冊 : 平裝)
ISBN 978-986-95464-6-1(下冊 : 平裝)

831.4　　106023557

前言

唐詩是中國文化中最燦爛的篇章，是中國優秀的文學遺產之一，也是世界文學寶庫中的一顆璀璨的明珠。儘管離現在已有一千多年了，但唐詩中的許多詩篇還是廣為人們傳誦。

唐代的詩人特別多。李白、杜甫、白居易固然是世界聞名的偉大詩人，但除他們之外，還有其他無數詩人。他們的作品，保存在《全唐詩》中的也還有四萬八千九百多首。

唐詩的題材非常廣泛，有的從側面反映當時社會的階級狀況和階級矛盾，揭露了封建社會的黑暗；有的歌頌正義戰爭，抒發愛國思想；有的描繪祖國河山的秀麗多嬌；此外，還有抒寫個人抱負和遭遇的，有表達兒女愛慕之情的，有訴說朋友交情、人生悲歡的，等等。

總之從自然現象、政治動態、勞動生活、社會風俗，直到個人感受，都逃不過詩人敏銳目光的捕捉，成為他們寫作的題材。因此認識唐詩，瞭解唐詩，對追溯民族文化，傳承民族文明和弘揚文化精神具有重要的意義。

前言 003

憂時篇

聞官軍收復失地時的喜悅：《聞官軍收河南河北》 009
寒食節：《寒食》 014
投筆從戎的書生：《望薊門》 017
一片冰心在玉壺：《芙蓉樓送辛漸》 021
男兒當自強：《行路難》 025
江雪中的垂釣者：《江雪》 030
我輩豈是蓬蒿人：《南陵別兒童入京》 034
千里飛騎，只為紅塵一笑：《過華清宮絕句（其一）》 040
因事而作的諷刺詩：《罷相》 045
荒誕的宮廷生活：《過華清宮（其三）》 049
無可救藥的迷信皇帝：《左遷至藍關示侄孫湘》 052

友情篇

詠牡丹以表謝意：《牡丹》 057
逢人說項：《贈項斯》 060

思念遠方的朋友：《吳處士》.....................................064
司空見慣的由來：《贈李司空妓》...........................069
媳婦拜公婆：《閨意獻張水部》..............................072
酒中仙堅持不受美酒：《望天門山①》...............075
莫愁前路無知己：《別董大》...................................080
比千尺還深的友情：《贈汪倫》..............................083
自古傷感多離別：《送孟浩然之廣陵》...............087
軍營中賦詩送別：《白雪歌送武判官歸京》.....090
離別時刻，再飲一杯又何妨：《渭城曲》.........096

親情篇

給家人報聲平安：《逢入京使》...........................099
思鄉的戍邊戰士：《夜上受降城聞笛》...............102
寂靜深夜裡的思鄉情：《靜夜思》........................105
久別重逢後：《月夜》...107
自古多情相思苦：《夜雨寄北》............................111
天涯遊子的牽掛：《遊子吟》................................115
思念遠征的夫君：《子夜吳歌》............................118
兄弟情深：《月夜憶舍弟》.....................................121
何日君再來：《春怨》...124
被權力慾望沖淡的母子情：《黃台瓜辭》.........128

悲情篇

英年早逝的天才少年：《送杜少府之任蜀州》……133
懷才不遇的感傷：《夜泊牛渚懷古》……136
舉杯消愁愁更愁：《宣州謝朓樓餞別校書叔雲》……140
貧女與寒士：《貧女》……144
戰爭帶來的災難：《春望》……148
抑鬱不得志的無奈：《臨洞庭上張丞相》……152
詩人的痛苦：《登高》……156
杜甫的風雨漂泊路：《旅夜書懷》……160
宮女的不幸：《身世秋夕》……164

雜詠篇

詩中藏典故：《茂陵》……169
楊貴妃的七絕詩：《贈張雲容舞》……172
求仙不成反而過早喪命：《望仙台》……175
在朝廷做官的日本使者：《哭晁卿衡》……178
滿城盡帶黃金甲：《不第後賦菊》……182

草野之中難掩鴻鵠之志：《瀑布聯句香嚴閒祥師》
.... 186
陳子昂摔琴一日成名：《登幽州台歌》............. 190
長安路上十五夜觀燈：《正月十五夜》............. 194
雪夜中的追逐：《塞下曲四首（之三）》......... 198
得罪權貴，李白朝中受挫：《清平調》............. 201

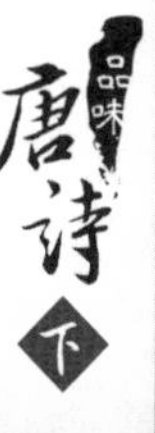

憂時篇

自古文人多強項。雖說書生總給人一種文弱的印象，但是他們卻心繫天下、胸懷國家、關注時局、憂國憂民。當朝政荒廢，統治者貪圖享樂時，文人們會進良言勸諫；當國破家亡之時，他們會用自己的詩篇抒發世人的感傷；當遭遇外侮時，他們會發出同仇敵愾的抗戰之聲；當國事頹廢之時，他們也會發出勵精圖治的吶喊；當民不聊生時，他們又會敞開博愛人道的胸懷。這就是文人，這就是書生，是用筆和紙抗爭的戰士。

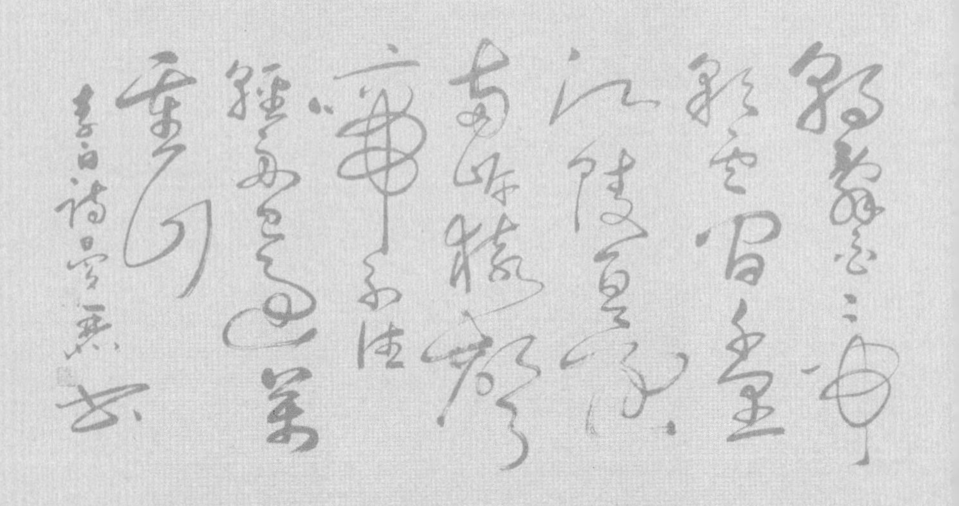

聞官軍收復失地時的喜悅

聞官軍收河南河北

——杜甫

劍外忽傳收薊北，初聞涕淚滿衣裳。

卻看妻子愁何在，漫卷詩書喜欲狂。

白日放歌須縱酒，青春作伴好還鄉。

即從巴峽穿巫峽，便下襄陽向洛陽。

- 劍外：劍門關以南之地，也稱劍南，代指蜀地。
- 薊北：河北薊州之北，泛指河北北部，安史叛軍的老巢所在。
- 卻看：再看。
- 漫卷：隨意地收拾起來。
- 白日：指陽光明媚。
- 青春作伴：指煥發青春及沿途春色作伴。
- 巴峽：指四川東北部巴江（嘉陵江）中的峽。杜甫此時在梓州（四川三台），須由涪江入嘉陵江再入長江出川。

• 巫峽：四川巫山縣東，長江三峽中長而秀麗之峽。

我在劍外突然聽說唐軍收復了薊北一帶，激動得淚水浸濕了衣裳。看看我的妻子臉上的愁容也沒有了，我隨意地收拾詩書，欣喜若狂。白天高聲歌唱開懷痛飲，在春天明媚的陽光下返回故鄉，馬上從巴峽穿過巫峽，從襄陽一直奔向洛陽。

背景故事

唐肅宗寶應元年（西元762年）冬十月，唐王朝官軍在洛陽打敗叛軍，進取東都，河南平定。

史思明之子史朝義敗走河北，廣德元年（西元763年）春，叛軍幽州守將李懷仙向朝廷請降，史朝義兵敗逃至廣陽，自縊而死，李懷仙砍掉他的頭顱獻給朝廷，河北平定。

此時杜甫正寓居在梓州（今，四川三台），忽然聽到官軍收復河南河北的消息，長達八年的安史之亂終於結束了。他欣喜若狂，感到回家又有了希望，於是揮筆疾書寫下這首詩。

詩的首聯「劍外忽傳收薊北，初聞涕淚滿衣裳」。寫聽到「收薊北」時的欣喜情態。「忽傳」指消息來得突然。即突然之間，蜀中大地遍傳官軍收復薊北的勝利消息，多年戰亂帶來的流離即將結束，真是悲喜交集，禁不住「涕淚滿衣

裳」這是喜極而悲，悲極而喜的表現！

頷聯「卻看妻子愁何在，漫卷詩書喜欲狂」。詩人悲喜交集之際，自然想到與自己同受戰亂苦難的妻子兒女，因此回頭一看，他們滿臉的愁雲不知到哪裡去了，也是滿臉笑容，喜氣洋洋。於是，自己也無心伏案，隨手卷起詩書，與家人同喜同樂。此聯中的「卻看」和「漫卷詩書」是兩個連續動作，把「喜欲狂」的情態具體化了。以動作表情，起到了無聲勝有聲的作用。

頸聯「白日放歌須縱酒，青春作伴好還鄉」。詩人緊扣「喜欲狂」，以對妻子言說的口吻，說道：我們應該在這大好的日子裡「放歌」、「縱酒」，歡慶勝利。我們還應以返老還童的心情，煥發青春，與青春年少的兒女一起，在這春光明媚之際，作伴還鄉。這是詩人「聊發少年狂」的「狂態」，表現了喜極之情。

尾聯「即從巴峽穿巫峽，便下襄陽向洛陽」說到「還鄉」，詩人的思想已鼓翼而飛，雖然身在梓州，而「心」已沿著涪江入嘉陵江穿巴峽，再入長江出巫峽，順流急下至襄陽，再轉陸路向洛陽，回到了故鄉。驚喜的感情波濤有如洪峰迭起，奔湧向前，一瀉千里，表現了詩人乍聞勝利消息時的熱烈心情和回鄉的急切願望。

詩人杜甫一生寫下了許多憂國憂民的著名詩篇，大多數情調低沉，像這樣欣喜歡快的詩歌很少。這充分展現了廣大勞動人民飽受戰亂之苦，渴望安定生活的迫切心情。

西元767年，杜甫聽說平定安吏之亂的河北節度使到長安拜見皇上，興奮之餘又寫下了一首詩。

《承聞河北諸道節度入朝歡喜口號絕句十二首》

十二年來多戰場，天威已息陣堂堂。

神漢漢代中興主，功業汾陽異姓王。

這首詩的大意是：十二年來到處都在打仗，直到現在才算結束了，皇上是神靈威嚴的君主，但更主要的功勞是汾陽郡王郭子儀。

詩中的郭子儀是唐代著名的將領。他為平定安史之亂立下了赫赫戰功，他功勞顯赫，賢明正義，深受百姓愛戴和群臣擁護，代宗皇帝既離不開他，又怕他取而代之。歷史上曾流傳下這樣一段故事：

唐代宗的女兒升平公主嫁給了郭子儀的兒子郭曖。一天晚上，小倆口因一些瑣事吵起架來，升平公主大聲嚷道：「我父親是當朝皇上，你敢對皇帝的女兒如此無理！」郭曖一氣之下也不示弱：「妳爸爸當皇帝有什麼了不起？我爸爸功德無量，還不願意當皇帝呢！」

在封建社會的唐朝，這種冒犯皇上的話沒人敢說。公主聽罷大怒，加油添醋後稟報皇上說：「郭子儀一家人對皇上不忠不孝，郭曖說他父親要篡權當皇帝。」

代宗很不高興地說：「如果他爸爸有篡奪皇位之心，那天下就不是我們家的了。」

郭子儀知道後立即帶兒子郭曖進宮請罪，請皇上原諒。

唐代宗滿不在意地說：「小女兒的話我怎麼能夠相信呢？」

事後，郭子儀將兒子郭曖捆綁起來痛打一頓才算了結。

但唐代宗對此事卻一直耿耿於懷，對郭子儀更加不放心，國政大事不讓他處置。安史之亂徹底平息後，他將郭子儀罷免回家。

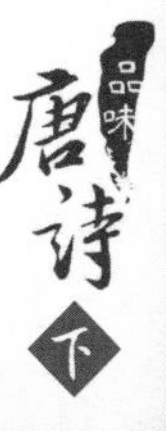

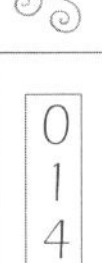

寒食節

寒食

——韓翃

春城無處不飛花，寒食東風御柳斜。

日暮漢宮傳蠟燭，輕煙散入五侯家。

注　釋

- 寒食：《荊楚記》：「去冬至一百五日，即有疾風甚雨，謂之寒食，禁火三日。」
- 春城：春天的長安城。
- 傳蠟燭：寒食節普天下禁火，但權貴寵臣可得到皇帝恩賜而燃燭。
- 五侯：東漢桓帝時五名把持朝政的大宦官。

譯文注釋

暮春的長安城無處不飛舞著柳絮楊花，寒食時節宮中御柳在春風中動盪傾斜。傍晚時漢宮正分賜蠟燭，輕煙嫋嫋散入五侯之家。

背景故事

清明節的前兩天是寒食節，這是從春秋時期傳下來的。據說是晉文公為了懷念抱木焚死的介子推而定下的，按古代風俗習慣，這一天白天禁燒火，夜晚禁點燈，人們只好摸黑吃冷的飯菜。

暮春時節，春風徐徐，楊柳吐絮，萬紫千紅，整個長安城充滿了春意。按習俗，寒食節這天人們會採來柳條插在門上，到了晚上，皇帝把蠟燭賜給寵愛的皇親國戚，皇帝賜給的煙火四處飄散在侯門之家。也可以理解為，那些皇親國戚的特權人家是不禁止煙火的。

韓翃是唐朝中期的詩人，南陽（今河南省沁陽縣）人。西元754年考中進士，曾在朝廷做過小官，安史之亂後，流浪江湖。

《寒食》是他在長安時所作。寒食節這天，他在長安街上漫遊，被這暮春的景色迷住了。見眼前雜樹飛花，落英繽紛，他情不自禁地讚歎：「皇都今日春意常在。」他被春的氣息陶醉了，一直待到暮色降臨。這時，皇宮裡出現一團團燭光，這是太監們在走馬傳燭。一會兒，燭光通明，一片光亮，燭芯燃燒後冒出了縷縷青煙，穿過雕樑畫棟的宮殿，飛出了宮廷樓堂，而宮廷外卻是一片漆黑，埋在深深的暮色裡。

韓翃感慨萬千，唐玄宗李隆基寵任楊貴妃的哥哥楊國忠，讓他擔任宰相，楊氏兄妹權勢顯赫，作威作福。這時，

也只有皇帝的寵臣能點燈燃燭，這是皇上的恩賜，這多麼像東漢梁氏五侯專斷朝政二十年的歷史啊！回到住處，詩人韓翃提筆寫下這首《寒食》詩。這是一首借古諷今的諷刺詩。漢宮，暗喻唐宮。五侯，暗喻唐朝的政要。唐代詩人慣於在作品中借用漢代的典故，實指唐代當時的事。

後來，這首詩傳入宮廷，深受皇上的讚賞。唐德宗時，皇宮裡缺少為皇帝起草詔書的人。有關方面兩次向皇上推薦人才，德宗都看不上，因而不批。第三次請示，問皇帝讓誰來擔任這個差事好，德宗批示說：「讓韓翃來擔任。」

當時，有兩個韓翃：一個是詩人，一是個江淮刺史。下面辦事的人不知道皇上是兩個都要，還是要其中的一個，因此在請示任命的奏摺上把兩個韓翃都寫上了。

德宗一看，心想：你們真不明白我的意思，寫詔書，當然要找有文才的。又批示說：「讓寫『春城無處不飛花，寒食東風御柳斜。日暮漢宮傳蠟燭，輕煙散入五侯家』的那個韓翃來。」

可見，韓翃這首絕句《寒食》，在當時就深入人心了。當然皇帝並沒有深刻領悟此詩後兩句的諷刺意味，只認為這首詩寫得很美。

投筆從戎的書生

望薊門

——祖詠

燕台一望客心驚，笳鼓喧喧漢將營。

萬里寒光生積雪，三邊曙色動危旌。

沙場烽火侵胡月，海畔雲山擁薊城。

少小雖非投筆吏，論功還欲請長纓。

注釋

- 薊門：薊門關，今北京德勝門外，當時為邊防要地。
- 燕台：即薊北樓，也就是傳說中燕昭王築的黃金台。
- 一望：一作「一去」。
- 漢將營：實指安祿山營，薊門當時是他的根據地。
- 生積雪：生於積雪。
- 三邊：古稱幽、並、涼為三邊。這裡泛指東北、北方、西北邊防地帶。
- 危旌：高揚的旗幟。

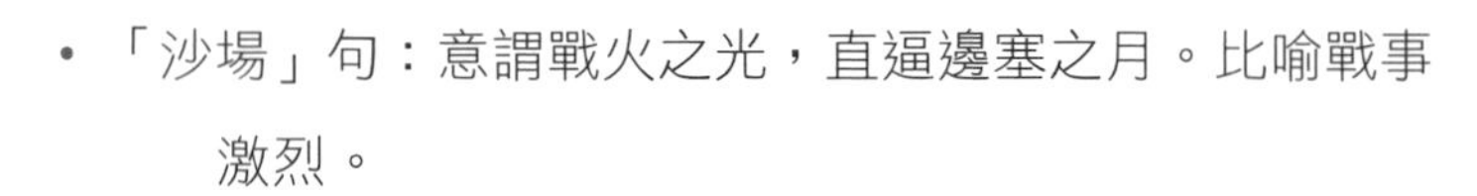

- 「沙場」句：意謂戰火之光，直逼邊塞之月。比喻戰事激烈。
- 薊城：即薊門。
- 投筆吏：漢班超家貧，常為官府抄書以謀生，曾投筆歎曰：「大丈夫當立功異域以取封侯，安能久事筆硯間。」後終以功封定遠侯。
- 論功：論功行封。

譯文注釋

登上燕台我被眼前的景象給震驚了，喧囂的笳鼓聲來自漢家的軍營。萬里原野的積雪與寒光相映，邊塞的曙色中飄揚著旗旌。戰場上的烽火使胡地的明月黯然失色，海邊雲霧繚繞的群山簇擁著薊城。我年輕時雖然不像班超投筆從軍，但如今我想建立功業，願向朝廷請纓出征。

背景故事

唐玄宗開元十二年，范陽（今北京西南）為東北邊防重鎮，主要是防禦契丹族的騷擾，本詩是祖詠在這個時期來這裡時寫下的。

詩人一來到燕台，眼前是遼闊的天宇，險要的山川，不禁激情滿懷，這裡是漢家大營，吹笳擊鼓，喧聲重迭。時間已是冬季，在幾天前又下了大雪，積雪延綿千萬里，雪上映出軍隊兵器閃閃的寒光。向高處望去，在朦朧的曙色中模模糊糊望見了半空中獵獵飄揚的軍旗。戰場上烽火燃燒處，雪光、月光和火光交織成一片。渤海和燕山簇擁下的薊城是那樣穩如磐石。於是他寫下了這首《望薊門》。

唐代的薊門，即范陽道，統率幽雲十六州，為唐朝東北邊陲重鎮，主要防禦契丹。玄宗開元二年（西元714年），薛納領兵禦契丹；二十二年（西元734年），張守斬契丹王屈烈及可汗。

首聯「燕台一望」即「一望燕台」的倒裝，固然因律詩平仄之要求，但更為重要的是，以「燕台」這樣一個大地名起筆，可憑添全詩的雄壯氣勢，山川險要，不禁激情滿懷，「驚」字便點出了這種特有的感受。

頷聯進一步寫笳鼓之聲，點明它是在嚴冬初曉時發出的。嚴冬本已甚為寒冷，現在又天降大雪，更何況還是多少天以來的積雪，而且是連綿千萬里的積雪，其酷寒的程度簡直難以言狀。單是雪上反射出的寒光，就足以令人兩眼昏花。這是遠望之景。

再看高處，但見曙色朦朧，山川模糊，唯獨城樓高懸之旗幟在半空中獵獵飄揚。如此靜穆之景，當然會令詩人心靈震驚不已。

頸聯一轉，即寫邊關戰士意志昂揚之態。烽火與月光、雪光交織，壯偉異常，這是向前望。環顧周圍，但見薊門要塞臨海倚山，天生拱衛，穩如磐石。詩人受此感染，便由驚轉為不驚，水到渠成轉入尾聯兩句來。

這兩句直抒「望」後所感，意思是說：雖說我年輕時沒能像班超那樣投筆從戎，但見此三邊壯氣，卻也欲請纓破敵。

全詩緊扣一個「望」字，以「烽火」承「危旌」，以「雪山」承「積雪」。寫「望」中所見，抒「望」中所感，格調高昂。從軍事落筆，著力勾畫薊門山川形勝，意象雄偉壯闊，字裡行間充滿蓬勃向上、建功立業的「盛唐之音」。

一片冰心在玉壺

芙蓉樓送辛漸

——王昌齡

寒雨連江夜入吳，平明送客楚山孤。

洛陽親友如相問，一片冰心在玉壺。

- 芙蓉樓：原址在今江蘇省鎮江市西北。
- 楚山：古時吳、楚兩地相接，鎮江一帶也稱楚地，故其附近的山也可叫楚山。

譯文注釋

昨夜下了一場寒雨，吳地又增添了蕭瑟的秋意。清晨，天色已明，來到江岸為好友送行，自己卻要孤零零地站在這裡遙望楚山。如果你到了洛陽，有親友問起我，告訴他們，我的心仍像玉壺中擺放著的一片晶瑩而純潔的冰心一樣無瑕。

背景故事

王昌齡，字少伯，盛唐著名詩人，約生於武則天聖曆元年（西元698年），約卒於玄宗天寶十五年（西元756年）。

京兆萬年（今屬西安市）人。他的家境比較貧寒，開元十五年進士及第，授祕書省校書郎。後改授汜水尉，再遷為江寧丞。一生曾兩次被謫蠻荒之地：一次約在開元二十五年秋，他獲罪被謫嶺南；一次約在天寶六載秋，以所謂「不護細行」被貶為龍標尉。安史之亂爆發後，他避亂至江淮一帶，被濠州刺史閭丘曉殺害。著有《王昌齡集》。

王昌齡的這首詩約寫於唐朝開元二十九年之後。

芙蓉樓原名西北樓，在潤州（江蘇鎮江）西北。這天，芙蓉樓來了兩位士人，一位是大詩人王昌齡，另一位便是他的朋友辛漸。原來，辛漸要在這裡渡江，取道揚州到洛陽去，船已停在岸邊了。

迷蒙的煙雨籠罩著吳地江天，織成了無邊無際的愁網，兩位好友站在芙蓉樓上，俯視樓下滾滾東去的江水，王昌齡慢慢抬起頭來，望著西北面的楚山，不無傷感地說：「辛兄，此次一別，何日再能相見啊！」

辛漸沉默不語，仍然凝視著流淌著的長江，心情沉重地說：「這幾年，只因你不拘小節，不受束縛，總是發洩心裡的憤懣和不滿，所以受到許多人無中生有的誹謗。」

王昌齡感慨萬端：「是啊！這些年來多次被貶官，先到嶺南，後又到這裡，貶來貶去，還是屈居下級官吏行列。」

辛漸接下來說：「但你還是這樣淡然處之的態度，像是過慣了被別人誹謗、指責的生活。」

王昌齡說：「我在洛陽有不少好友，他們也一定聽到了許多小人對我的讒言，請你轉告他們，我仍然不會被功名利祿和讒言所左右。」

辛漸關心地說：「昌齡兄為人忠厚，性格豪爽，昨天你為我設宴餞行，今天又送我來江邊，情意深長，我不知道將來該如何感謝你。我走後，你要放開胸懷，好好保重自己！」

王昌齡很受感動，他久久地望著浩浩江水，吟出了《芙蓉樓送辛漸》這首詩。

詩歌前兩句用寒雨夜入吳地襯托自己對朋友的一片深情。可以想見作者是一晚沒有入睡，浮想聯翩，才能感覺到「寒雨連江夜入吳」的恢弘氣勢。以這樣一幅巨大的水墨山水畫作為鋪墊，作者不僅道出了對朋友的真情，而且為即將到來的離別憑添了無限的悲涼氣氛。

「平明送客楚山孤」，孤獨的楚山正是作者在朋友行將離去以後的自我寫照。孤獨的楚山既是寫實景，也是王昌齡心靈的外化。作者對於朋友別離的真摯感情隱於字裡行間，細讀起來，感人至深。

三四句是千古傳唱的名句，本來是一個再平常不過的問候，在王昌齡的筆下，卻有了石破天驚的回答。詩人當時身處貶謫之中，「一片冰心在玉壺」不僅是對親友問候的回

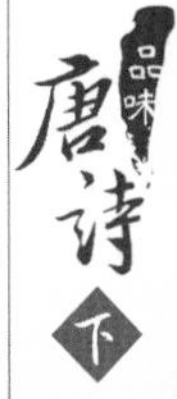

答，同時也是自己屢遭貶謫而志氣不改的真情表白。

辛漸被王昌齡的詩打動了，連連高聲讚歎道：「好詩！『一片冰心在玉壺』這句詩表明了你始終堅持自己清白自守的節操，就像荷花一樣，出污泥而不染，多麼高尚，實在令人敬佩。我很高興，因為我聽到了你的心聲，看到了你的靈魂，你的大作我定能牢記心中。」

兩位朋友再次珍重道別，辛漸一步一回頭，登上了船，小船悠悠，慢慢駛向遠方。

這時的王昌齡還久久地站在江岸，望著遠去的帆影，他轉過頭來向遠處矗立的楚山望去，真像詩中所說的，只剩下自己一個人孤零零地面對楚山了。

男兒當自強

行路難

——李白

金樽清酒斗十千，玉盤珍饈直萬錢。

停杯投箸不能食，拔劍四顧心茫然。

欲渡黃河冰塞川，將登太行雪滿山。

閒來垂釣碧溪上，忽復乘舟夢日邊。

行路難，行路難！多歧路，今安在？

長風破浪會有時，直掛雲帆濟滄海。

- 清酒：清醇的美酒。
- 斗十千：一斗酒值錢十千。
- 斗：古代量酒的容器。
- 珍饈：珍美的菜餚。
- 箸：筷子。
- 顧：望。
- 太行：即太行山。

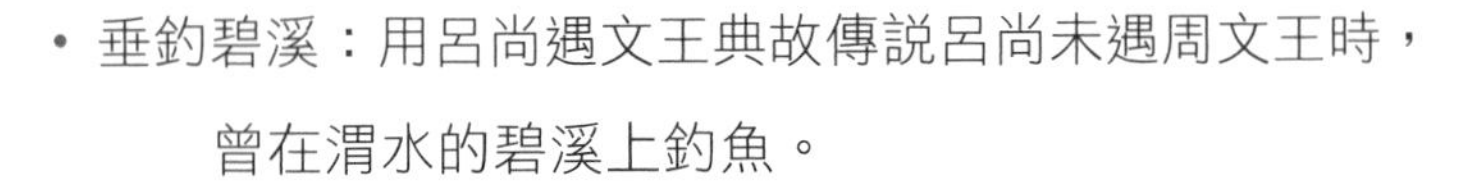

- 垂釣碧溪：用呂尚遇文王典故傳説呂尚未遇周文王時，
  曾在渭水的碧溪上釣魚。
- 安：哪裡。
- 濟：渡。

譯文注釋

金杯裡的美酒價錢極高，玉盤中珍奇的菜餚價值萬錢。我停下酒杯，擲下筷子，無法下嚥，拔出寶劍，張目四望，心中一片茫然。我想渡過黃河，卻冰塞河川，我想登上太行，卻大雪封山。姜尚未遇文王時曾在碧溪垂釣，伊尹受商湯聘用前忽夢乘舟過日月之邊。行路難，行路難，岔路多，我要走的正路在何方？我將乘長風破巨浪，必定有那一天，掛起高大的風帆，渡過大海。

背景故事

唐玄宗天寶元年（西元742年），李白受到友人的推薦，被召入京，擔任一個供奉翰林的閒職。

天寶三年，他終因宦官高力士、駙馬張土自和楊貴妃等人的讒毀，被迫離開長安。屈辱的兩年過去了，在這即將離開長安的時刻，朋友們設宴為他餞行。

長安兩年留給他的儘是打擊、憤懣和不平。詩人常常感到孤獨寂寞，而眼前的融融友情，深深地打動和感染了他。詩人是純情的，他的心被友誼充溢著，多麼溫暖而甜蜜，而離別又是多麼地令人神傷。

酒席擺好了，儘是美味佳餚，還有李白特別喜愛的酒。「也許今後沒有見面的機會了，」李白想，「應該給朋友們留下一點紀念。」於是，詩人告訴朋友們，他將即席賦詩，給他們留作永遠的回憶。朋友們拍手叫好，有的人高興得跳了起來，有的人情不自禁地哼起了已經譜過曲的李白詩。

看著眼前豐盛的酒席，李白雙眼泛著淚光。他想，今天一定要一醉方休，以酬眾人深情。突然，他舉到空中的酒杯停住不動了，他慢慢地放下酒杯，筷子也扔下了。他想起了自己的遭遇，抱負遠大卻不能實現，才華橫溢不但得不到重用，反而慘遭詆毀，所有的理想幾乎都成了泡影。真想到野外沒有人的地方放聲大哭一場。

他壓抑住內心的悲哀，迅速拔出腰間的佩劍，舞啊舞啊，到頭來變得神情呆滯，顯現出無所適從的樣子。

朋友們都來勸他。他終於又一次坐下了。唉！人生的艱難何止我現在遇到的？想要渡黃河而厚冰堵塞，想要登太行而風雪滿天。這種現象在自然界中，在現實生活中見得太多太多了，也見怪不怪了，人總有時來運轉的時候，姜尚九十歲垂釣時，才遇到文王；伊尹在受商湯聘請前只能做乘舟繞日月的美夢。姜尚、伊尹他們難道能預見自己會得到重用嗎？

想到這兒，李白臉上的愁雲逐漸散去，露出他固有的樂觀和自信的神色。

他雖然是一位感情強烈的詩人，但過多的打擊和挫折，

使他慢慢學會了冷靜地看待現實。是啊！人生的道路是艱難曲折的，岔路彎道很多，有時竟不知路在哪裡。

朋友們都為他的振作高興。事實上，他對自己的前途充滿了自信，政治抱負總有實現的時候。到那時，乘風破浪的艱辛和樂趣只有我自己知道。

李白的精神立即昂揚起來，與朋友們在酒席上談笑著，似乎並沒有發生剛才的不快。酒喝多了，有點兒飄飄然，他提起筆一揮而就，寫出了自己剛才的心情變化和內心感受。呈現在朋友們面前的便是這首《行路難（其一）》。

《行路難》共三首，均寫於詩人遭被讒失意之後。這首詩沿用漢樂府舊題，失望與希望並存，抒發了詩人對朝廷黑暗、仕途艱難和抑鬱不平的激憤之情，反映了身處逆境時的苦悶和不屈不撓的追求與探索精神，詩中矗立著這位胸懷大志而命運不濟的詩人形象。

詩的前四句描述了自己心中一片茫然的心情。接著，詩人用富於比喻意義的「冰塞川」、「雪滿山」來象徵自己仕途受阻的艱難處境，顯現內心之痛苦：想渡過黃河，卻被堅冰阻塞；想登上太行，卻被滿山的白雪阻攔。這兩句也解釋了前面「心茫然」的原由，點明詩中世路多艱的本意。但是，詩人並不甘於消沉，他從呂尚垂釣、伊尹夢日的傳說中得到了啟示，表明自己對前途仍然抱有希望，對朝廷尚存幻想，並未完全喪失信心。

然而，以往的經歷和眼前的處境又使他陷入迷惘，不得不再三慨歎行路艱難，岔路這麼多，今後不知將置身何處？「行路難，行路難！多歧路，今安在？」這節奏短促的感歎與發問，真實地展現了詩人的苦悶與彷徨。但李白畢竟是一位性格豪放、灑脫的人，所以詩的最後兩句，又再一次掙脫精神的羈絆，從苦悶和彷徨中振作起來。他借南朝宗慤的話形容自己志向遠大，對未來充滿信心，堅信一定會有時來運轉，施展抱負，乘風破浪的那一天，到那時要掛起高帆渡過茫茫大海，做一番轟轟烈烈的事業。

江雪中的垂釣者

江雪

——柳宗元

千山鳥飛絕，萬徑人蹤滅。

孤舟蓑笠翁，獨釣寒江雪。

- 人蹤：人的足跡。
- 蓑：蓑衣，用棕絲編織成的披在背上的雨衣。
- 笠：用竹或草編織的圓形寬簷帽，戴在頭上以擋雨遮陽。

山山嶺嶺的鳥雀都已飛絕，所有的路徑人蹤滅沒。孤舟上身披蓑衣頭戴斗笠的漁翁，在寒江獨釣挺著嚴寒，抗著風雪。

背景故事

柳宗元（西元773~819年），字子厚，河東（今山西永濟縣）人。貞元初年進士，官監察御史。順宗時，王叔文執政，他任禮部員外郎，積極推行政治改革。不久，王叔文失敗，他也被貶為永州司馬，遷柳州刺史。在南方一共生活了十四年，死於柳州。

柳宗元是傑出的思想家，憑著一股積極的熱情和出色的才能進行政治活動。改革雖然失敗了，中年以後的處境更加悲苦，但這卻使得柳宗元有機會深入生活、接近百姓、反思歷史，從而使他成為一個卓越的散文家和詩人。他和韓愈是古文運動的兩個主要倡導者。但從一定意義上來說，柳宗元在思想方面所具有的進步的、積極的意義，韓愈似有所不及。

柳宗元的詩，數量較多的是抒寫個人抑鬱的心情和離鄉去國的悲哀。從這些詩篇裡，我們可以看出一個有理想的、正直的人，在不合理的社會裡遭受到怎樣殘酷的迫害！在柳詩中，對西南地帶少數民族生活進行多方面描繪的作品，洋溢著非常濃厚的地方情調和氣氛。也有刻劃自然景物的小詩，如《江雪》、《漁翁》等，都是膾炙人口的名作。著有《柳河東集》四十五卷，《外集》二卷。

柳宗元在貞元九年（西元793年）中了進士，後來又當上了監察御史。他小時候就胸懷大志，曾自稱：「始仆之志學也，甚是尊大，頗慕古之大有為者。」這句話的意思是

說：自己從小的志向是學習，很是尊大，很羨慕古代那些大有作為的人。現在，他在朝廷裡做了官，認為可以在政治上實現自己的遠大抱負了。為此，他參加了以王叔文為首的政治革新派系。王叔文原為翰林待詔，在德宗皇帝時期，他與太子的關係十分密切，經常為太子出謀劃策。

貞元二十一年（西元805年）元月，德宗皇帝病逝，太子即位，為順宗皇帝。順宗皇帝的登基，代表著王叔文派系的上台，柳宗元等人也因此而升官。

他們掌權時，採取了在當時歷史條件下有進步意義的措施，如貶大貪污犯京兆尹李實的官；削去了為宦官所掌握的左右神策軍的兵權；革除德宗貞元時期的弊政；廢除詔令以外的苛捐雜稅，受到了廣大人民的擁護。而這些措施，都是由王叔文、柳宗元等人商定的。

但是，俗話說「好花不常開，好景不長在。」王叔文、柳宗元所依靠的唐順宗體弱多病，不到半年就被保守派和宦官逼迫退位了。保守派一上台，就把柳宗元貶到邊遠地區去當司馬，並殺了王叔文，製造了歷史上有名的「二王八司馬」事件。

柳宗元被貶到永州後，雖沒了實權，卻有較多的機會接觸社會下層，瞭解人民疾苦，同時也有更多機會遊覽山水名勝。這年冬天的一個早上，夜裡一場大雪使整個大地披上了銀裝。

吃過早飯，柳宗元獨自一人來到了江邊。下雪後的空氣是那樣的清新，周圍的景色是那樣的迷人，看著眼前的美景，詩人並沒有陶醉於大自然的景色之中。國家的安危，民眾的疾苦，依然在他心中翻騰。回想起自己的革新不幸失敗，又遭到殘酷地迫害，詩人心裡充滿了憤慨，一種哀怨憂憤之情使他不吐不快。於是，他揮筆寫了《江雪》。此詩因在「永貞革新」失敗後，被貶為永州司馬時作，既是詠江上雪景，又是寄寓自己頑強不屈、孤寂苦悶的思想感情。

第一、二句詠山及原野。以「千」字形容山，說明山之多；「鳥飛絕」寫不見鳥影，表示天之寒冷；以「萬」字形容「徑」，說明路之多；「人蹤滅」三字展現不見人影，其中暗藏了一個「雪」字：即滿山遍野，處處是雪，雪野茫茫。這是寫景，也是鋪墊，為引出下兩句蓄勢。

「孤舟蓑笠翁，獨釣寒江雪。」在這寒氣逼人，「鳥飛絕」、「人蹤滅」的奇寒天氣裡，人出現了。「孤舟」寫出了「唯一」，「蓑笠翁」表明人的形象，是一披蓑衣、戴斗笠的老者。他在雪茫茫的「寒江」之上垂釣。「寒江」二字寫出了雪大雪密、雪濃雪厚，因為連流動的江水上都積滿了雪而變得奇寒；一個「獨」字寫出了老漁翁不怕雪大、不怕天冷，忘掉一切，專心釣魚的孤高清傲、凜然不屈的形象，這個漁翁形象正是詩人思想感情的寄託和寫照，也就是說，在那如奇寒的政治環境迫害下，詩人仍像漁翁一樣，無視一切，獨釣寒江，這是多麼令人敬仰的精神！

我輩豈是蓬蒿人

南陵別兒童入京

——李白

白酒新熟山中歸，黃雞啄黍秋正肥。

呼童烹雞酌白酒，兒女嬉笑牽人衣。

高歌取醉欲自慰，起舞落日爭光輝。

遊說萬乘苦不早，著鞭跨馬涉遠道。

會稽愚婦輕買臣，余亦辭家西入秦。

仰天大笑出門去，我輩豈是蓬蒿人。

- 此詩又題為《古意》。
- 南陵：一種說法是在東魯，「曲阜縣南有陵城村，人稱南陵」。另一種說法是在今安徽南陵縣。
- 起舞句：人逢喜事光彩煥發，與日光相輝映。
- 遊說：憑口才說服別人。
- 萬乘：君主。周朝制度，天子地方千里，車萬乘。後來稱皇帝為萬乘。

• 苦不早：恨不早就去做。

• 秦：指長安。

• 蓬蒿人：草野之人。

譯文注釋

我剛從山中回來，知道家鄉又釀出了新酒，正在啄食的黃雞也長得很肥。便叫孩子們殺雞烹熟了再備上新釀的酒，兒女們高興地牽著我的衣裳邊唱邊跳。酒興正濃時便起身舞劍，劍光閃閃與落日爭輝。只怨我被皇帝發現得太晚了，如今我就要跨馬揚鞭遠道而行了。朱買臣的愚妻嫌家貧而離開了他，我是告別家鄉西去長安。出門前我仰天大笑，我李白豈是在草野上沒沒無聞過上一輩子的人？

背景故事

李白（西元701~762年），字太白，號青蓮居士。傳說李白母親生他的時候，夢見太白金星落入懷中，所以就給他起名為太白。他是中國歷史上最偉大的浪漫主義詩人，存詩一千多首，在中國乃至世界文學史上，都有著很高的地位。

李白天資絕高性格清奇，嗜酒如命，詩才如仙，自號青蓮居士，人稱謫仙。李白一向就有遠大的抱負，但一直找不到實現的機會。他不屑於參加科舉考試，因為這和他「不屈己，不幹人」的性格和「一鳴驚人，一飛沖天」的宏願不相符合。所以，他從二十六歲開始漫遊生活，一方面採取縱橫

家遊說的方式，希望憑自己的文章才華得到知名人物的推舉，另一方面，他也想走「終南捷徑」，即故意隱居深山來樹立聲譽，進而得到重用。

天寶元年，李白四十二歲時，他到了長安，遇到太子賓客賀知章的時候，賀知章驚呼一聲「真是天上的神仙下凡一樣」，因為李白的氣質實在是太瀟灑飄逸了，後來兩人結為知心好友。賀知章的大力宣傳，使得李白的名聲在京城裡很快就傳開了。

傳說李白還是聽了賀知章的建議，準備參加考試。為了使他容易地考中，賀知章專程去向主考官楊國忠和太監高力士說情。這兩人不知道私下收受了考生多少賄賂呢！見賀知章來說情，以為賀知章也接受了李白的賄賂，所以記住了李白的名字。

交卷的時候，楊國忠隨手將卷子一塗：「這樣的考生，只配給我磨墨。」高力士接著罵道：「磨墨也不配啊，只能為我脫靴。」兩人故意沒有錄取他。李白知道以後，著實氣壞了。

巧的是，這時正好渤海國的使者送來一封國書，這封國書文字奇特，滿朝官員都不認識。唐玄宗又急又氣：「堂堂天朝，泱泱大國，連個認識番書的人都沒有，豈不被小邦恥笑。三天之內如沒有人來，在朝官員都回家去吧！」賀知章因此而悶悶不樂，李白問清楚狀況後，笑著說：「這有何難？可惜我不能見駕。」那時的規定，沒有官職的人是見不到皇上的。賀知章向皇上奏明，玄宗便賜了李白五品的衣冠召見他。

李白來到朝廷，將番書翻譯成唐文讀出來，原來書信中威脅唐朝割讓一些城池，否則要起兵攻打。滿朝上下聽了都緊張起來，只有李白不慌不忙地說：「待臣回一封信，恩威並用，可以讓渤海國臣服。」玄宗急忙命人擺好筆墨，又賜座給他。李白乘機請求道：「我代皇上起草詔書，不同尋常，請您命令楊國忠為我磨墨，高力士為我脫靴，也讓外邦人看看皇上對這件事的重視，他們更不敢小看我們了。」正是用人之際，唐玄宗哪有不照辦的道理。於是唐朝的歷史上又多了個「楊國忠磨墨，高力士脫靴」的傳說。兩人雖然羞怒，但在皇上面前，自然也沒有什麼話好說，只好從命。

李白很從容地寫好了詔書，交給那使者，使者出宮後，方才敢問那寫詔書的人是誰。送行的人當中有賀知章，便答道：「李學士是天上的謫仙，偶爾來到人世。」番使大驚，回去後又添油加醋說了好多關於唐朝的威嚴和強盛的印象，渤海國從此臣服了。

當然，這些都是民間傳說。事實上是道士吳筠被召至朝廷之後，在玄宗面前推薦了曾和他一起隱居學道的李白。此外，玄宗的妹妹玉真公主也為李白說了不少好話，所以唐玄宗三次下詔書請李白入京。

李白認為實現自己理想抱負的時候到了，異常興奮，在南陵與家中妻兒告別時，寫了這首《南陵別兒童入京》。

詩一開始就描繪出一派豐收的景象：「白酒新熟山中歸，黃雞啄黍秋正肥。」這不僅點明了時間是秋熟季節，而且，白酒新熟，黃雞啄黍，顯示一種歡快的氣氛，襯托出詩人興高采烈的情緒，為下面的描寫作了鋪墊。

接著，詩人攝取了幾個似乎是特寫的「鏡頭」，進一步渲染歡愉之情。李白素愛飲酒，這時更是酒興勃然，一進家門就「呼童烹雞酌白酒」，神情飛揚，頗有歡慶奉詔之意。顯然，詩人的情緒感染了家人，「兒女嬉笑牽人衣」，此情此態真切動人。

飲酒似還不足以表現興奮之情，繼而又「高歌取醉欲自慰，起舞落日爭光輝」，一邊痛飲，一邊高歌，表達快慰之情。酒酣興濃，起身舞劍，劍光閃閃與落日爭輝。這樣，透過兒女嬉笑，開懷痛飲，高歌起舞幾個典型場景，把詩人喜悅的心情表現得活靈活現。在此基礎上，又進一步描寫自己的內心世界。

「遊說萬乘苦不早，著鞭跨馬涉遠道」。這裡詩人用了跌宕的表現手法，用「苦不早」反襯詩人的歡樂心情，同時，在喜悅之時，又有「苦不早」之感，正是詩人曲折複雜的心情的真實反映。正因為恨不在更早的時候見到皇帝，表達自己的政治主張，所以跨馬揚鞭巴不得一下子跑完遙遠的路程。「苦不早」和「著鞭跨馬」表現出詩人的滿懷希望和急切之情。

「會稽愚婦輕買臣，余亦辭家西入秦」。從「苦不早」

又很自然地聯想到晚年得志的朱買臣。據史料記載：朱買臣，會稽人，早年家貧，以賣柴為生，常常邊擔柴走路邊念書。他的妻子嫌他貧賤，離開了他。後來朱買臣得到漢武帝的賞識，做了會稽太守。

詩中的「會稽愚婦」，就是指朱買臣的妻子。李白把那些目光短淺輕視自己的世俗小人比作「會稽愚婦」，而自比朱買臣，以為像朱買臣一樣，西去長安就可青雲直上了。真是得意之態溢於言表，詩情經過一層層推演，至此，感情的波瀾湧向高潮。

「仰天大笑出門去，我輩豈是蓬蒿人」。「仰天大笑」，多麼得意的神態；「豈是蓬蒿人」，何等自負的心理，將詩人躊躇滿志的形象表現得淋漓盡致。

這首詩因為描述了李白生活中的一件大事，對瞭解李白的生活經歷和思想感情具有特殊的意義。

千里飛騎，只為紅塵一笑

過華清宮絕句（其一） ——杜牧

長安回望繡成堆，山頂千門次第開。

一騎紅塵妃子笑，無人知是荔枝來。

注　釋

- 此詩是杜牧經驪山華清宮時有感而作。華清宮是唐玄宗開元十一年（西元723年）在驪山修建的行宮，是他與楊貴妃尋歡作樂的場所。詩人透過千里送荔枝這個事件，有力地鞭撻了封建統治階級驕奢淫逸的生活。
- 堆：按唐音「堆」與其後的「開」、「來」應是押韻的，當時的音不可考。此類現象並不少見，這是古今語音發生變化的必然。
- 紅塵：驛馬送鮮荔枝奔跑揚起的灰塵在日光映照下所呈現的情景。

譯文注釋

從長安回望華清宮所在地驪山的景色有如團團錦繡，美不勝收，山頂上那座壯觀的華清宮，大門忽然一扇接著一扇地打開。一匹馬飛奔而來，後面揚起一片塵土，贏得楊貴妃嫣然一笑，沒有人知道這匹馬從很遠的南方運來的竟然是新鮮的荔枝。

背景故事

詩人杜牧經過驪山華清宮時，望見滿山林木蔥蘢，山上華清宮殿壯麗不減當年，心裡突然想起了一百年前那一幕幕悲傷的場面。

這是唐玄皇在位時的一個故事：

仲夏時節，長安東面的驪山上綠樹成蔭，花草艷美。華清宮樓閣林立，畫棟雕樑，隱現在青山綠海中，如海市蜃樓，時隱時現。

唐玄宗和楊貴妃在此尋歡作樂，洗溫泉，賞美景，飲世間美酒，吃天下山珍海味，過著驕奢淫逸的生活。每年六月一日，楊貴妃過生日那天，唐玄宗就帶她到這裡遊玩。有一次，楊貴妃悶悶不樂，唐玄宗一問，原來愛妃想吃荔枝。於是，唐玄宗下令南方派人火速送荔枝進宮。

這天，唐玄宗和楊貴妃正在觀賞歌舞，看了一會兒，楊貴妃有些不耐煩了，便懶洋洋地對身邊的高力士說：「昨天

吩咐的那件事辦的怎麼樣了，那東西怎麼還沒有送到？」

高力士忙哈下腰來回稟道：「請娘娘放心，奴才估計今天就會到了，這是限時限刻的，而且是皇上的聖諭，那裡的地方官必定不敢不照辦。」

正在這時，一個宦官跑來稟報：「娘娘，大道上望見了一片塵土，驛使們騎著馬來了。」

在一條依山傍水的大路上，傳來馬蹄奔跑的聲音。轉眼間，滾滾塵土，一隊人馬由遠而近。每匹馬的馬鞍兩邊，掛著兩個沉甸甸的簍筐，裡面裝著剛剛採摘下來的荔枝。只見騎馬人不停地揮動馬鞭，風馳電掣般地向前奔跑。

到了一個驛站，騎馬人顧不上休息，立即將兩只簍筐從馬上卸下，再安放在早已等候的另一匹驛馬背上。就這樣，騎馬人頂著烈日，冒著風雨，一站又一站地日夜兼程，生怕荔枝腐爛變質。要知道，這荔枝是唐明皇御批，要福建、廣東等地急送長安的，它可是比性命還重要呵！

這時只見華清宮下的各道門全都打開了，舞女和太監們注視著山路上的飛騎，在滾滾的塵土中急急地駛來。幾個驛使剛跳下馬，有的便昏死過去，他們的坐騎也都倒在地上口吐白沫。太監們忙跑下來，嘴裡喊著：「快些！快把寶貝送到娘娘面前。」

他們忙卸下馬背上的金漆木箱，飛跑著抬到了山上，恭恭敬敬地送到了楊貴妃的面前，高力士打開箱子，取出鮮荔枝，雙手捧到楊貴妃面前：「請娘娘品嘗鮮荔枝。」

楊貴妃拿起一枝荔枝，揪下一顆剝去皮放到嘴裡，臉上露出了欣喜的笑容，在場的太監和宮女們也都鬆了一口氣。

荔枝是楊貴妃最喜歡吃的水果，而且要吃味道鮮美的。所以，皇上命高力士從嶺南或蜀地沿途特設許多驛站飛騎傳送，這樣，沿途不知死了多少人馬。如果楊貴妃嘗到荔枝後臉上沒有笑容，就說明荔枝不夠新鮮，那不知會有多少人要掉腦袋。

杜牧想到這裡，不僅深深地感歎道：歷代王朝君主，昏庸無道，為討寵妃歡心而不惜代價，不知給人們帶來多少災難。春秋時期的周幽王，也是為了博得妃子的一笑而點燃烽火，導致國破身亡。而那位貴妃娘娘，當安史叛軍浩浩蕩蕩殺進長安城時，不也自縊於馬嵬坡了嗎！

杜牧浮想聯翩，寫下了這首詩。其中「長安回望繡成堆」，敘寫詩人在長安回首南望華清宮時所見的景色，「回望」二字既是實寫，又啟下。詩人在京城眺望驪山，佳木蔥蘢，花繁葉茂，無數層疊有致、富麗堂皇的建築掩映其間，宛如一堆錦繡。驀地升騰起一種回顧歷史、反省歷史的責任感，由景而發歷史之感慨。正是「山頂千門次第開」以下三句，承上而來，是回顧歷史。

驪山「山頂千門」洞開寫出唐玄宗、楊貴妃當年生活的奢華，並給讀者設下疑竇：「山頂千門」為何要「次第」大開？末兩句「一騎紅塵妃子笑，無人知是荔枝來」是答案。原來這都是楊貴妃使然。當她看見「一騎紅塵」，知是供口

腹享受的荔枝到了，故欣然而「笑」。而其他人卻以為這是來傳送緊急公文的，誰想道馬上所載的竟是來自遠方的鮮荔枝呢！

詩的結句是全詩的點睛之筆，揭示「安史之亂」的禍根。詠歎天寶軼事，旨在警醒後來的君主，不要因貪圖享樂而延誤國事。但是，詩人既未寫「安史」亂起、玄宗倉皇出逃、馬嵬坡演出悲劇的慘狀，也沒有羅列玄宗遊樂疏政、驕奢淫逸的生活現象，而是把千里送荔枝博取貴妃一笑這樣一件「小事」突現出來，於細微處發現問題。

「一騎紅塵妃子笑」，把騎馬飛奔趕送鮮荔枝的差官苦不堪言，同貴妃嫣然一笑進行了絕妙的對比，把如此嚴肅的歷史主題在一個「笑」字中具體地表現出來，具有高度的概括性和典型性。

《過華清宮絕句》截取了表現唐玄宗、楊貴妃荒淫誤國這一歷史側面，既抨擊了前代統治者的驕奢淫逸和昏庸無道，也是以史諷今，警戒當世之君。

因事而作的諷刺詩

罷相

——李適之

避賢初罷相，樂聖且銜杯。

爲問門前客，今朝幾個來？

- 避賢：讓賢，給賢者讓路。
- 樂聖：愛喝酒。
- 聖：聖人，指清酒。三國時，曹操禁酒，不少人暗中還是飲酒不止，但不敢說出酒字，於是用隱語稱酒，稱白酒（濁酒）為賢人，清酒為聖人。
- 為問：借問，請問。

我辭去相位而讓給賢者，天天舉著酒杯開懷暢飲。請問過去常來我家做客的人，今天有幾個來看我？

李適之在唐朝不是詩文名家，卻因作了一首諷刺詩而出了事，從此也就出了名。他是唐朝皇室後裔，於唐代天寶元年（西元742年）擔任宰相，入相前長期擔任刺史、都督的州職。

李適之在朝廷是一位以能幹而著稱的能臣，他為人隨和，平易待人，善交朋友。處理朝政事務簡要明快，當天的事當天辦，當天的公務也絕不拖到明天。他還是一位公私分明、明辨是非、寬嚴得當的好長官。他的酒量也很好，白天忙完公務，晚上便和朋友一起豪情暢飲，從不會喝得酩酊大醉，失態失言。

當時，朝廷中的權勢鬥爭十分嚴重複雜，李適之對自己所處的地位很清楚。他同清流派韓朝宗和韋堅情投意和，交往密切，同口蜜腹劍的李林甫卻不能相容。由於李林甫在宮廷中親信眾多，有的人別有用心，編造謊言，常在皇帝面前撥弄是非，製造矛盾。與清流派爭權奪勢，逐漸擴大了自己的勢力範圍，對韓朝宗、韋堅和李適之等清流名臣則常施以誣陷、誹謗的手段。

李適之因此感到不安，他寫書上奏皇上，要求辭去左相職位，請求做一個閒散的官員，唐玄宗果真批准，改任他為太子少保，這個官職確實清閒而又無實權。

李適之從此閒散起來，不再介入宮廷內的權勢之爭，避開了許多是非矛盾。但他看到李林甫一夥倡狂專斷，又不免滿腹牢騷，心情十分複雜。

一日，他邀請了一些朝中好友，準備在家設宴聚會，並寫下一首題為《罷相》的詩，表達了自己當時的矛盾心情。

就詩而論，表現曲折，但詩旨可知，含譏刺，有機趣，堪稱佳作。作者要求罷相，原為畏懼權奸，躲避鬥爭，遠禍求安。而今如願以償，自感慶幸。倘使詩裡直接把這樣的心情寫出來，勢必更加得罪李林甫。所以作者設遁辭，用隱喻，曲折表達。「避賢」是成語，意思是給賢者讓路。

「樂聖」是雙關語，「聖」即聖人，但這裡兼用兩個代稱，一是唐人稱皇帝為「聖人」，二是沿用曹操的臣僚的隱語，稱清酒為「聖人」。所以「樂聖」的意思是說，使皇帝樂意，而自己也愛喝酒。詩的開頭兩句的意思是說，自己的相職一罷免，皇帝樂意我給賢者讓了路，我也樂意自己盡可喝酒了，公私兩便，君臣皆樂，值得慶賀，那就舉杯吧。

顯然，把懼奸說成「避賢」，誤國說成「樂聖」，反話正說，曲折雙關，雖然知情者、明眼人一讀便知，也不失機智俏皮，但終究是弱者的譏刺，有難言的苦衷，針砭不力，反而示弱。所以作者在後兩句機智地巧作加強。

前兩句說明設宴慶賀罷相的理由，後兩句是關心親故來赴宴的情況。這在結構上順理成章，而用口語寫問話，也生動有趣。

但宴慶罷相，事已異常；所設理由，又屬遁詞；而實際

處境，則是權奸弄權，恐怖高壓。因此，儘管李適之素「夜則宴賞」，天天請賓客喝酒，但「今朝幾個來」，確乎是個問題。宴請的是親故賓客，大多是知情者，明白這次赴宴可能得罪李林甫，惹來禍害。敢來赴宴，便見出膽識，不怕風險。這對親故是考驗，於作者為慰勉，向權奸則為示威，甚至還意味著嘲弄至尊。

後來，這首詩流傳出去，李林甫抓住把柄，對李適之進行了誣陷和迫害，說他同韋堅等要謀反。李適之受到貶官處分，最後被迫自殺。這首詩因此而更加出名。

荒誕的宮廷生活

過華清宮（其三）

——杜牧

萬國笙歌醉太平，倚天樓殿月分明。

雲中亂拍祿山舞，風過重巒下笑聲。

譯文注釋

唐玄宗認為天下太平，所以每日在宮廷內歡歌笑語，盡情享樂。高聳入雲的驪山上華清宮殿在月光的映照下，殿內燈火通明。安祿山在這雲端的宮殿中跳起了舞，那舞步迅疾如風，連周圍打拍子的人都亂了節拍。一陣陣輕風吹過，將這歌聲和笑聲從山峰上飄下。

背景故事

杜牧的這首七絕《過華清宮》描寫了唐玄宗、安祿山等封建王朝的帝王和貴族們花天酒地，奢侈享樂的生活情景。詩中提到的安祿山便是「安史之亂」的罪魁禍首，他是唐玄宗和楊貴妃的乾兒子。

安祿山原是胡人，幼年時家境非常貧寒。年輕時他不務正業，曾因偷了人家的羊而險些被處死，後來從了軍，在軍隊得到升遷，由於他非常善於迎奉和使用賄賂等手段，也矇騙了一些人，因此有不少人在唐玄宗面前推崇他如何如何有才能，所以深得唐玄宗的賞識，不久便擔任了軍中要職。

當時，唐朝從東北到西北邊境上共有六個軍事重鎮，安祿山就擔任其中三個重鎮的節度使，也就是最高的軍事長官。他掌握了大量的軍隊，親眼目睹了唐朝政治的極度腐敗，皇帝唐玄宗昏庸無能，而且整天沉溺於酒色歌舞之中，他便乘機進一步擴充軍隊，準備伺機奪取天下。

他看到昏君皇帝唐玄宗十分寵愛楊貴妃，便心生詭計，請求做楊貴妃的乾兒子，以此來博得皇上和貴妃的信任。每次上朝行禮，他總是先拜貴妃後再朝拜皇帝。剛開始，唐玄宗深為不滿。

一次唐玄宗問：「你上朝後為什麼不先拜見朕，而先去拜見貴妃呀？」

安祿山答道：「臣出身胡人，我們胡人有這樣的規矩，先母而後父。」

這樣，他既使得皇上大為高興，又贏得了楊貴妃的寵愛。

一次，安祿山過生日。楊貴妃知道後，在宮中大擺酒宴，招來很多人來為他慶賀，並準備了嬰兒用的被褥，她把安祿山當嬰兒似的脫去衣服，裹在繈褓中，讓宮中的人抬著在宮廷內到處遊戲，逗得宮人們大鬧大笑，說是嬰兒出生三天後為嬰兒洗身，製造了歷史上少有的醜劇、鬧劇。唐玄宗知道後，也跟著笑鬧觀看，並且還下令賞賜抬安祿山的宮人們金錢、銀錢。後來安祿山起兵造反，攻打長安，唐玄宗倉皇逃跑。

無可救藥的迷信皇帝

左遷至藍關示侄孫湘

——韓愈

一封朝奏九重天，夕貶潮州路八千。

欲爲聖明除弊事，肯將衰朽惜殘年！

雲橫秦嶺家何在？雪擁藍關馬不前。

知汝遠來應有意，好收吾骨瘴江邊。

注　釋

- 朝奏：上給皇帝的奏章。這是指在元和十四年韓愈上書勸唐憲宗不要為迷信鋪張浪費的《論佛骨表》。
- 潮州：在廣東省東部。
- 肯將：這裡「肯」是豈肯之意；「將」是將養或愛護之意。肯將，則是豈肯將養的意思。
- 秦嶺：指終南山。
- 藍關：地名，在陝西藍田縣南面。
- 瘴江：荒僻地方的河流。

譯文注釋

早晨一封奏章送到了皇上（九重天）面前，晚上我就被貶官到八千里外的潮州。想要替皇上除去迷信的弊病，怎能因我自己衰老而吝惜我生命的殘年！仰望秦嶺上空密佈的濃雲，我的家在哪裡？到了藍田關大雪阻擋了去路，心裡感慨萬端，知道你（韓湘）遠道趕來為我送行有什麼打算，是想在瘴氣瀰漫的江邊收拾我的屍骨返回家園。

背景故事

韓愈是唐朝著名的散文家和詩人，也是唐代古文運動的倡導者。

當時，唐朝的皇帝唐憲宗是一個非常迷信的糊塗皇帝，元和十四年（西元819年）的正月裡，他派一批和尚從鳳翔法門寺把傳說中佛祖釋迦牟尼的一節手指骨帶回長安的大寺院裡供奉。一時間，京城長安的官老爺們掀起了敬神獻佛的迷信活動，這樣的鋪張浪費引起了百姓們的不滿，他們側立街頭巷尾，議論紛紛。

當時在朝廷當官的韓愈覺得，皇帝這樣崇尚迷信活動，對國計民生實在是沒有什麼益處，忠臣理應勸阻。於是，他花費了幾天的時間寫出了一份奏章《論佛骨表》，痛切地提出了崇尚迷信、諂媚佛法是非常有害的，建議皇上即刻下令停止這種活動。

這道奏章很快被送到了皇帝手上。唐憲宗勃然大怒，幾乎要下令殺死韓愈，幸虧有幾位正直明事的大臣竭力救援才使他免遭殺身之禍。但韓愈卻因此事被驅逐出京，由當時的刑部侍郎貶為潮州（今廣東省內）刺史。

當時的潮州是南部沿海的一個荒僻之地，距京都長安八千里路，而且這裡醫療條件很差，經常流行致命的傳染病。

這天，韓愈就要騎馬啟程了，妻子和兒女哭哭啼啼來為他送行。他為妻子擦乾了淚水，跳上馬急匆匆地奔赴茫茫的荒野。他怕妻子兒女們傷心的眼淚，他怕這如同生死離別的場面，同時，他也悲憤不平，但正直剛毅的品格又使他不能不堅持自己的正確主張。

他剛來到距京城不遠的藍田縣，侄孫韓湘（韓愈侄兒韓志成的兒子）聽說叔祖父孤身上路，放心不下，連忙策馬追趕與他同行。

韓愈遙望遠山，見天空佈滿了陰雲，雪花紛揚而下，積雪擋住了前方的去路。此時的韓愈再也控制不住自己的感情，便悲歌當哭，慷慨激昂地吟誦了這首著名的詩篇。

潮州在今廣東東部，距當時京師長安確有八千里之遙，那路途的艱難是可想而知的。這首詩首聯直寫自己獲罪被貶的原因。他很有氣概地說，這個「罪」是自己主動招來的。就因那「一封書」之罪，所得的命運是「朝奏」而「夕貶」。

三、四句直書「除弊事」，認為自己是正確的，申述了自己忠誠而獲罪和非罪遠謫的憤慨，真有膽氣。儘管招來一場彌天大禍，他還是「肯將衰朽惜殘年」，且老而彌堅，使人如見到他的剛直不阿之態。

五、六句就景抒情，情悲且壯。他當日倉猝先行，告別妻兒時的心情可想而知。韓愈為上表付出了慘痛的代價，「家何在」三字中，有他的血淚。此兩句一回顧，一前瞻。「秦嶺」指終南山。他立馬藍關，大雪寒天，聯想到前路的艱危。「馬不前」三字，透露出英雄失路之悲。結語沉痛而穩重，向侄孫從容交代後事，語意緊扣第四句，進一步吐露了悽楚難言的激憤之情。

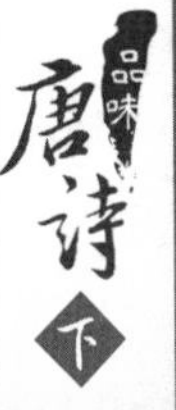

友情篇

現代文學巨匠魯迅先生在
贈別瞿秋白先生的詩文中曾說
「人生得一知己足矣」，
意思是說，人的一生中只要有一個充分理解自己
的真朋友就可以了。在艱難困苦之中，好友心靈深處
的默契會牢固地連在一起，患難相扶。
文人是比較注重友誼的，唐詩中歌頌
友誼的詩篇不勝枚舉，在詩歌中可以
清楚地看到詩人們
那情濃於血的無私友情。

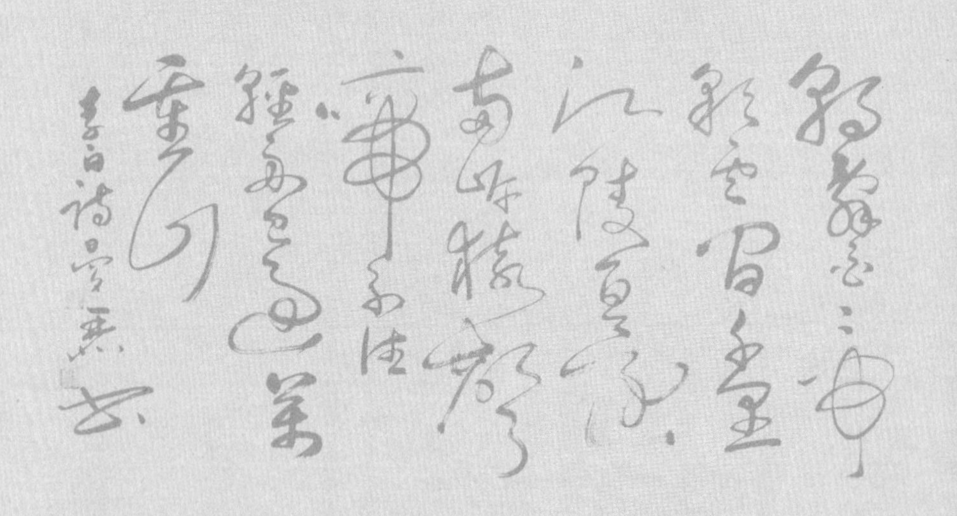

詠牡丹以表謝意

牡丹

——李商隱

錦幃初卷衛夫人，繡被猶堆越鄂君。

垂手亂翻雕玉佩，折腰爭舞郁金裙。

石家蠟燭何曾剪，荀令香爐可待熏。

我是夢中傳彩筆，欲書花葉寄朝雲。

注　釋

- 衛夫人：春秋時衛靈公夫人南子，美艷動人，孔子曾去見她，而引起子路的不滿。孔子不得不發誓自己絕無邪念。
- 越鄂君：春秋時楚王的母弟，貌美。有一次鄂君乘舟河上，一位越地的女郎邊划船邊對著他唱歌，於是鄂君將她擁入懷中，用繡被披在她肩上。
- 垂手：舞名，分大垂手、小垂手。
- 折腰：一種舞姿。

• 郁金裙：郁金，香草名，可做藥用。郁金裙是繡有郁金花樣的裙子。

石家蠟燭：西晉時的官僚石崇，極其豪奢，用蠟燭代替柴火。

剪：剪燭。用剪刀把蠟燭燃燒時結的燭花剪掉。

可待：豈待。

彩筆：出自江淹的典故。江淹曾夢見一名自稱郭璞的男子，向他索取五色筆。江淹把筆還給他之後，就再也寫不出佳作了。

朝雲：運用巫山神女的典故，在此比作自己傾慕的女子。

譯文注釋

那美麗的牡丹花啊！好像是坐在錦帳中的衛國夫人，又似身在錦繡被褥中的越鄂君。那花瓣猶如玉雕的手臂，在舞蹈中柔軟低垂，不亞於穿著郁金裙的姑娘迎風爭舞。石崇家千百支蠟燭的照耀，也比不上它的光艷，荀令君家香爐也要牡丹來熏吧！我得到令狐大人親授的文采之筆，想在花葉上寫詩留給後人。

背景故事

在唐代，牡丹花聞名天下，不僅皇宮中栽種牡丹，在達官貴人以至平民百姓的住宅中，也經常栽種牡丹以供賞玩。

在唐憲宗和唐文宗時，令狐楚當過宰相，他非常賞識詩人李商隱的文才，聘請在他的幕府裡工作。李商隱在令狐楚宅院牡丹花盛開的時候，想到令狐楚對自己的栽培，寫了這首《牡丹》七律。詩中第一句的「衛夫人」是春秋時代衛國國君的夫人南子，是春秋時期著名的美人；第二句的「越鄂君」也是傳說中古代一個美麗可愛的姑娘；第五句的「石家蠟燭」講的是晉代有個大官叫石崇，以富貴奢侈而著稱，燒飯要用千百支蠟燭一齊點燃，景色十分壯觀；第六句中的「荀令」是三國時曹操部下的謀臣，傳說中他家中有件寶物香爐，他去別人家做客，帶去的熏香味三天沒有散去。詩中的第七句用了這樣一個典故：

南朝時期有個叫江淹的人，他不僅相貌堂堂，而且文才出眾。年老時，一次他外出寄宿一個叫冶亭的地方。夜裡，外面刮起了陣陣涼風，他感到身上很冷。這時，一個少年來到他的面前，江淹問道：「少年從何處來，準備去何處？」

少年回答說：「我叫郭璞，是專程來找您的！」

江淹又問：「找我有什麼事？」

少年說：「我有一枝筆在你處多年，請還給我！」

江淹不解地搖了搖頭。

少年指著江淹的前胸說：「就在你的懷中，請還給我。」

江淹打開衣襟，果然有一枝五顏六色的彩筆，他拿出來交給了少年，少年很快就消失了。江淹睜眼一看，周圍什麼人也沒有。從此後，江淹的文才失去了，再也寫不出佳句，當時人稱「江郎才盡」。李商隱在詩中是說自己在夢中得到了這枝彩筆。

逢人說項

贈項斯

——楊敬之

幾度見詩詩總好，及觀標格過於詩。

平生不解藏人善，到處逢人說項斯。

譯文注釋

幾次見到他都是從欣賞詩開始的，見到他本人心中更加悅服。世間有見人之善而不以為善的，也有見人之善而匿之於心的。做了好事，由他自己說出，更覺得他的直率。從此後，見人便介紹項斯的詩才和為人的坦誠。

背景故事

楊敬之，字茂孝，虢州弘農人，楊凌之子。生卒年均不詳，約唐憲宗元和（西元820年）末前後在世。元和初，登進士第。累遷屯田、戶部二郎中。坐李宗閔黨，貶連州刺史。文宗尚儒術，以敬之為國子祭酒。未幾，兼太常少卿。是日，二子戎、戴登科，時號「楊家三喜」。嘗為華山賦以示韓愈，愈稱許之，一時傳佈士林。

詩人項斯，年輕時隱居在福建的朝陽峰，過著山野生活，並寫下了很多山野風光詩。項斯心胸寬闊、品格清高。他對社會的不平等、人與人之間的虛偽、互相欺騙等現象看不慣，只求遠離世俗，保持自己的清白。因此，他在山腳下隱居了三十多年。

項斯在朝陽峰腳下搭了兩間茅草房。他用白鶴的羽毛給自己編了一件外套，代表生活在大自然中無憂無慮、心靈純潔的美好願望。他取山中溪水燒茶，他在樹蔭裡讀書，還常常躺在青石板上看天空白雲，聽山中鳥鳴。悠閒的生活使他的詩歌也清新平淡。你聽：「日落江路黑，前村人語稀」，「魚在深泉鳥在雲，從來只得影相親」，這就是他每天所見景象。

項斯在此唯一交往的對象就是山上寺廟裡的和尚。他們常常一起交流詩歌，欣賞佳作。一天夜裡，項斯吟出一首詩，連夜上山請教，不料和尚陪客人外出還未回來，他便留下「月明古寺客初到，風度閒門僧未歸」的詩句，獨自返回草屋。

項斯的一位詩友讚賞說：「先生的詩做得清新脫俗，生動逼真，你該去京城應考，入世做官。」他經考慮，最後還是隱居山裡，與世隔絕。這樣，他在朝陽峰一住就是三十年，在詩友們的多次勸說下，才動心赴京都長安應試。

可惜，這次他沒有考中，但他不氣餒，認為自己的詩並

不比中舉的人差，主要原因是他在長安的官場和詩壇上沒有地位，人們對他還很陌生，必須根據當時的習慣廣為行卷。

在唐代，士人應試前盛行行卷，就是把自己的詩文佳作寫成長卷，分別投獻給朝廷命臣和文壇上很有地位的人，以得到他們的讚譽，並予以推薦。

朝廷有一位國子祭酒楊敬之，是位很有地位的人。他也收到了項斯投獻的行卷，他一邊讀一邊讚賞，反覆讀後更覺回味無窮。楊敬之將項斯請到自己府上相見，兩個人評論詩文，促膝談心。楊敬之覺得這位長期隱居山野的士人不但詩寫得好，而且人品更令人欽佩。

項斯走後，他懷著親切的心情寫下了一首《贈項斯》的詩。詩的首句「幾度見詩詩總好」，是襯墊之筆，也點出作者知道項斯，是從得見其詩開始的；賞識項斯，又是從覺得其詩之好開始的。次句進一步寫見到了本人以後，驚歎他「人格勝過詩」，心中更為悅服。

對項斯標格之好，詩不直寫，卻先提一句「詩好」，然後說「標格過於詩」，則其標格之好自不待言。「標格」包括外美與內美，即儀容氣度、才能品德的統一。品評人應重在才德，古今皆然。下文便寫到詩人對於項斯的美好標格，由內心的誠意讚賞發展到行動上的樂意揄揚。

「平生不解藏人善」，世間自有見人之善而不以為善的，也有見人之善而匿之於心，緘口不言，唯恐己名為其所掩的；詩人於此則都「不解」，即不會那樣做，其胸襟度量之超出常人可見。他不只「不解」，而且是「平生不解」，直以高屋建瓴之勢，震動世間一切持枉道、懷忌心的小人。

詩人對於「揚人之善」，只是怎麼想便怎麼做，不曾絲毫顧慮到因此會被人譏為「互相標榜」；怎麼做便又怎麼說，也不曾絲毫顧慮到因此會被人譏為「自我標榜」。詩人自為之而自道之，也有自作表率、勸導世人之意。

楊敬之這首詩很快便在長安流傳開了，很多的朝廷命官和名人都知道了項斯這個士人。

第二年即唐武宗會昌四年，項斯中了進士，後來當上丹徒縣尉：而楊敬之這首詩，更是流傳甚廣，其中最後一句詩形成「逢人說項」的典故和成語，解釋為到處熱心地替人說情或說好話。

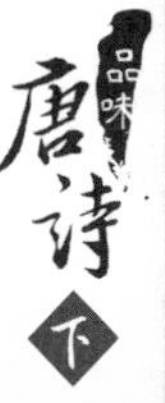

思念遠方的朋友

吳處士

——賈島

閩國揚帆去，蟾蜍虧復圓。
秋風生渭水，落葉滿長安。
此地聚會夕，當時雷雨寒。
蘭橈殊未返，消息海雲端。

注釋

- 閩國：指今福建省一帶地方。
- 蟾蜍：此處代指月亮。
- 渭水：渭河，發源甘肅渭耗縣，橫貫陝西，東至潼關入黃河。
- 蘭橈：以木蘭木做的船槳，這裡代指船。

朋友坐著船前去福建，月亮由缺變圓已經過了很長的時間了，卻不見他的消息。

長安已是深秋時節，強勁的秋風從渭水那邊吹來，長安落葉遍地，顯現出一派蕭瑟的景象。

那回在長安和這位姓吳的朋友聚首談心，一直談到很晚。外面忽然下了大雨，雷電交加，震耳炫目，使人感到一陣寒意。還沒見到朋友坐的船回來，也不知道他的情況，遙望遠天盡處的海雲，希望從那兒得到吳處士的一些消息。

背景故事

深秋時節，長安街頭落葉紛紛，帶著寒氣的秋風從郊外的渭水那邊吹來，長安城裡顯現出一派蕭瑟的景象。賈島站立門前，想起了昔日的好友吳處士。他那年去福建，就是在渭水坐船出發的，這麼長的時間過去了，怎麼沒有一點兒消息？此時此刻，他思緒萬千，望著門外天空中濃密的黑雲，追憶起與這位姓吳的朋友，也是在這個季節，也是這樣的天氣，在一起交談，此情此景，歷歷在目，彷彿昨日才剛發生。

那是個烏雲密佈的晚上，賈島坐在桌前仔細推敲著寫過的詩文，油燈散發著熒熒的光亮。這時，一位姓吳的好友前來看望他，進屋後問道：「先生又在作何文章？」

賈島笑著告訴他：「是從前寫過的一首詩，總感覺詩中有粗淺的地方，只有反復修改，詩中字句才會精闢。」

朋友拿過詩文一看，是首題為《暮過山村》的詩，便大聲的朗讀起來。

《暮過山村》

數裡聞寒水，山家少四鄰。

怪禽啼曠野，落日恐行人。

初月未終夕，邊烽不過秦。

蕭條桑柘外，煙火漸相親。

這首詩的大意是：遠遠便聽到山澗的潺潺流水聲，山上只有稀稀落落的人家。怪禽在荒漠曠野上鳴叫，日暮時分讓行人（作者）感到驚恐。

月亮在太陽未落之時剛剛升起，點燃的烽火沒有越過秦地。（看到）在零落的桑柘樹旁出現了嫋嫋的炊煙，（我）漸漸向之靠近。

朋友問賈島：「先生能不能講一下這首詩的深刻含義？」賈島便把那天夜間行走山路的事，講給這位朋友聽：

「一個秋天的黃昏，我去探望一位好朋友，路過一座山村，遠遠聽見了流水的聲音，秋天的晚上很涼，聽到山裡溪水嘩嘩的流淌聲，身上便覺得更加寒冷。山下有幾戶人家的草房稀稀落落地散在那裡，本想去避避寒，怕太晚了耽誤趕路，所以繼續往前走。這時天漸漸黑了下來，本來一個人黑天走路就很害怕，遠處曠野上又傳來怪鳥的哀叫，真叫人不寒而慄，於是便加快腳步繼續朝前快走。

初升的月亮高高地懸在了天空，秦地的烽火燃起來了，表示這一帶平安無事，山區顯得非常寧靜，看見烽火我便知道，前面的山莊就是我那位朋友的住處，便匆匆地跑了進去。」

這位朋友聽得很入神，待賈島停下來感歎道：「真可謂一次歷險，我聽了都有些毛骨悚然。」

賈島笑著說：「現在想起來都有些害怕。」

姓吳的朋友停了一會兒告訴賈島說：「這次來拜見先生，是來向你辭行的。」

賈島忙問：「去什麼地方？什麼時候回來？」

朋友回答說：「去閩國，打算長期居住在那裡。」

屋裡即刻靜了下來，兩個人誰也不說話，這時窗外雷電交加，震耳欲聾，兩個人都不禁打了個寒顫。

這一夜，他們談了很久，一直談到東方露出了曙色。

賈島想到這裡，更加掛念遠方的朋友，他現在生活得怎麼樣了呢？他望著遙遠的天空，希望從那兒得到那位朋友的消息。於是，提筆寫下了這首思念遠方朋友的五言律詩《吳處士》。

這首詩「秋風生渭水，落葉滿長安」一聯，是賈島的名句，為後代不少名家引用。開頭說，朋友坐著船前去福建，已經過很長一段時間了，卻不見他的消息。接著說自己居住的長安已是深秋時節。強勁的秋風從渭水那邊吹來，長安落葉遍地，顯現出一派蕭瑟的景象。

為什麼要提到渭水呢？因為渭水就在長安郊外，是送客出發的地方。當日送朋友時，渭水還未有秋風；如今渭水吹

著秋風，自然想起分別多時的朋友了。

　　此刻，詩人憶起和朋友在長安聚會的一段往事：「此地聚會夕，當時雷雨寒」他那回在長安和這位姓吳的朋友聚首談心，一直談到很晚。外面忽然下了大雨，雷電交加，震耳炫目，使人感到一陣寒意。這情景還歷歷在目，一轉眼就已是落葉滿長安的深秋了。

　　結尾是一片憶念想望之情。「蘭橈殊未返，消息海雲端。」由於朋友坐的船還沒有回來，自己也無從知道他的消息，只好遙望遠天盡處的海雲，希望從那兒得到吳處士的一些消息了。

司空見慣的由來

贈李司空妓 ——劉禹錫

高髻雲鬟宮樣妝，春風一曲杜韋娘。

司空見慣渾閒事，斷盡江南刺史腸。

注　　釋

- 渾閒事：尋常事。
- 江南刺史：劉禹錫曾在江南任過連州、夔州、和州等州的刺史。

譯文注釋

詩的大意是：在這豪華的宴會上，歌女打扮入時，唱著美妙的流行歌曲，客人們觥籌交錯，起坐喧嘩。你李司空花天酒地，習以為常，可我劉禹錫卻肝腸寸斷，於心不忍。

唐敬宗寶曆二年（西元826年）的一個清晨，太陽已經高高升起，但東都洛陽太子賓客（正三品，掌侍從規諫，贊相禮儀等）李紳的府第裡卻是一片寂靜。在一間客房裡，兩個美貌的侍女早已起身，靜立床前，等候主人起身。半晌，客房中酣睡的人終於醒來，他看到站立身旁的兩位佳麗不由大吃一驚，連忙問道：

「誰讓二位小娘子到此？」

兩個姑娘先是一驚，接著笑著說：「郎中怎麼忘記昨夜之事了？」接著，就把昨夜發生的事說了一遍。

原來，李紳罷滁州（今安徽省滁縣）、壽州（今安徽省壽縣）刺史後，升遷為太子賓客，分司東都。而這時劉禹錫已罷和州刺史之職，任東都（洛陽）尚書省主客郎中（官名，從五品上階，負責諸部門具體政務）。

李紳素聞劉禹錫詩名，便趁劉禹錫赴任洛陽之機，邀他過府一敘。李紳大張宴席，招待劉禹錫。席間，有家妓在歌舞。兩位梳著高高的像宮廷一樣環形髮髻的嬌艷歌妓，彈奏著琵琶，並演唱了教坊名曲。

這清雅婉轉的歌聲彷彿一陣春風迎面吹來，使已經喝得醉意朦朧的劉禹錫不覺忘情，他高聲索要紙筆，立即寫下一首七言絕句《贈李司空妓》。

李紳曾做過御史中丞，是御史大夫的副官，御史大夫在

當時被人稱為司空。劉禹錫意思是說，李司空見慣了這些美妙的歌舞，所以不以為然，但這卻令我這個在江南做過刺史的人銷魂不已。李紳看了詩後，微微一笑，就命令那兩個歌妓去侍候已經喝得爛醉的劉禹錫……

劉禹錫聽了兩位歌妓的敘述，這才回憶起昨夜之事，深為自己的失態而悔恨。李大人官階比自己高得多，前程無量，自己怎麼可以這樣放肆無禮呢？想到這兒，他連忙起身向李紳謝罪。

不過，劉禹錫的詩卻迅即在京洛一帶流傳開了，從此，「司空見慣」成了膾炙人口的成語。

媳婦拜公婆

閨意獻張水部

——朱慶餘

洞房昨夜停紅燭，待曉堂前拜舅姑。
妝罷低聲問夫婿，畫眉深淺入時無？

注釋

- 張水部：即張籍。他當時任水部員外郎。
- 洞房：新婚臥室。
- 停：放置著。
- 舅姑：公婆。
- 妝罷：梳妝完畢。
- 夫婿：丈夫。
- 入時無：是否合時宜、夠時髦。無，同麼，用於發問。

昨夜新房裡通宵燃著紅燭，等待天明去堂前參拜公婆。梳妝完畢低聲詢問夫婿，眉毛的濃淡是否畫的合時？

背景故事

朱慶餘是越州（浙江省紹興市）人，西元826年，他到京都長安應試，並按當時的慣例帶去了上百篇自己寫的詩文。

應試前，他將詩文送呈朝中，請主考官推薦，並請當時的著名詩人——官任水部員外郎的張籍賜教。

張籍從詩文中選出了二十篇好詩，準備向人推薦。

朱慶餘從家鄉越州千里迢迢地趕來應試，在長安又無熟人，考試的日期就要臨近，所以心裡沒底，不知道應試前的這一關能否通過。

他非常想找張籍打聽一下，主考大人是否賞識自己的詩？有沒有考中的希望，但又不好意思魯莽地去找他當面提出來。經過反復思考，他決定換一種方式來做這件事，於是，提筆寫了這首詩。

這首詩表面上是寫生活中的一件趣事：一個要去見公婆的新娘，在梳妝後詢問自己的丈夫，眉毛是否畫得合時？這種心情和將要去應考的讀書人心情相同。因此，作者實際上是借閨房之事隱喻考試，以新娘自比，以夫婿喻張水部，舅姑喻主考官。「入時無」，就是問張水部，自己的作品能否合主考官的意。

朱慶餘寫好後小心翼翼地卷上詩稿，送進了張府。

張籍將僕人送上的詩打開，先是一愣，不知道朱慶餘為什麼將這種詩獻給他，仔細地讀過之後，細細琢磨「畫眉深

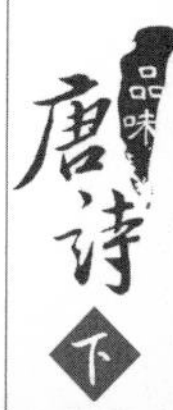

淺入時無」一句，不禁恍然大悟：這不是在問我對他的詩文的評價嗎？原來這位年輕人是來打聽消息的，寫得多麼委婉含蓄啊！張籍很高興，非常欣賞他的詩才，便也寫了一首詩來回答他。

朱慶餘的詩才經張籍的宣傳和推薦，在朝廷一鳴驚人，這一年他果然考中了。

酒中仙堅持不受美酒

望天門山①

——李白

天門中斷楚江開，碧水東流至此回。

兩岸青山相對出，孤帆一片日邊來。

注　釋

- 天門山：位於安徽省和縣與當塗縣西南的長江兩岸，在江北的叫西梁山，在江南的叫東梁山。兩山隔江對峙，形同門戶，所以叫「天門」。
- 楚江：即長江。古代長江中游地帶屬楚國，所以叫「楚江」。
- 至此回：長江東流至天門山附近迴旋向北流去。
- 回：迴旋。
- 出：突出。
- 日邊：天邊。

天門山從中間斷開，長江天水就從那裡流瀉出來，兩岸的青山相峙而立，一葉孤帆從太陽升起的地方向這邊飄來。

背景故事

李白晚年的時候，生活比較淒涼，他借住在安徽當塗縣一個叫李陽冰的叔叔家裡，叔叔是當時的當塗縣令，李白的吃穿日用都不愁了，只是他習慣了自由自在無拘無束的狀態，經常一個人出去走走，借飲酒抒發自己的憤懣和失意之情。

李白習慣到長江邊上的一個酒店飲酒，這家酒店是一個姓魯的財主開的，魯財主為人吝嗇刻薄，為了多賺些錢，常常在酒裡摻水賣，喜歡豪飲、有「酒中仙」之名的李白往往喝不痛快。因為酒喝不痛快，所以連詩也寫得不夠暢快淋漓了。可是附近方圓幾里，就是沒有任何能喝酒的地方了，李白因而非常鬱悶。

這天，李白又閒居無事，出去找酒喝。路過一個不起眼的茅舍時，突然被裡面的一個老翁拉住，老人忙著作揖打躬，連呼「恩公」，李白卻怎麼也想不起這老人家是哪位。急忙還禮，一交談，才知道老翁姓紀，十年前李白在幽州時，曾經射殺過一隻老虎，救了紀家父子的性命。後來他父子二人飄零到了這裡，開了一間小小的酒店為生，一邊賣酒，一邊打聽恩公的下落，只知道這些年李白過得不容易，萬萬沒想到能在這裡碰上他。也是無巧不成書，李白嗜酒，他們剛好開了間酒店，只是門戶低微，過往的客人並沒有注意到這家小小的酒家。

李白被紀家父子熱情地邀到店裡，看到他們拿出店中珍藏的陳釀招待自己，李白非常感動。他高興地和紀家父子對飲了幾杯，主人頻頻相勸，一片誠意，讓他這酒喝得十分痛快。因為在他鄉巧遇故人，又痛飲了多日來沒能喝個痛快的美酒，李白的心情實在是好極了。

他踱出門外，只見山高水深，滾滾長江水被天門山絕壁阻斷之後，折向而流。一條小船隱隱而來，從船上看兩岸青山，一定是天門兩山撲進眼簾，顯現出愈來愈清晰的身姿了。他想像坐在那船上的人，一定會感到夾江對峙的天門山，似乎正迎面向自己走來，詩人感到了一種久違了的新鮮和喜悅。他滿懷激情，回到茅舍寫下幾行大字，就是我們今天所喜歡的這首《望天門山》七絕。

天門山，就是安徽當塗縣的東梁山（古代又稱博望山）與和縣的西梁山的合稱。兩山夾江對峙，像一座天設的門戶，地勢非常險要，「天門」即由此得名。詩題中的「望」字，說明詩中所描繪的是遠望天門山所見的壯美景色。

天門山夾江對峙，所以寫天門山離不開長江。詩的前幅即從「江」與「山」的關係著筆。第一句「天門中斷楚江開」，著重寫出浩蕩東流的楚江（長江流經舊楚地的一段）

衝破天門奔騰而去的壯闊氣勢。它給人以豐富的聯想：天門兩山本來是一個整體，阻擋著洶湧的江流。由於楚江怒濤的衝擊，「天門」才被撞開，中斷而成為東西兩山。在作者筆下，楚江彷彿成了有巨大生命力的事物，顯示出沖決一切阻礙的神奇力量，而天門山也似乎默默地為它讓出了一條通道。

第二句「碧水東流至此回」，又反過來著重寫夾江對峙的天門山對洶湧奔騰的楚江的約束力和反作用。由於兩山夾峙，浩闊的長江流經兩山間的狹窄通道時，激起迴旋，形成波濤洶湧的奇觀。如果說上一句是借山勢寫出水的洶湧，那麼這一句則是借水勢襯出山的奇險。

「兩岸青山相對出，孤帆一片日邊來。」這兩句是一個不可分割的整體。上句寫望中所見天門兩山的雄姿，下句則點醒「望」的立腳點和表現詩人的淋漓興會。詩人並不是站在岸上的某一個地方遙望天門山，他「望」的立腳點便是從「日邊來」的「一片孤帆」。

「兩岸青山相對出」的「出」字，不但逼真地表現了在舟行過程中「望天門山」時天門山特有的姿態，而且寓含了舟中人的新鮮喜悅之感。夾江對峙的天門山，似乎正迎面向自己走來，表示它對江上來客的歡迎。

青山既然對遠客如此有情，則遠客自當更加興會淋漓。「孤帆一片日邊來」，正傳神地描繪出孤帆乘風破浪，越來越靠近天門山的情景，和詩人欣睹名山勝景、目接神馳的情狀。它似乎包含著這樣的潛台詞：雄偉險要的天門山啊！我

這乘一片孤帆的遠方來客，今天終於看見了。由於末句在敘事中飽含詩人的激情，這首詩便在描繪出天門山雄偉景色的同時突出了詩人的自我形象。

詩寫好後紀翁把李白的詩貼在牆上，並且給酒店起了一個名字叫「太白酒樓」，還逢人就講，李白是喝了他的酒才寫出這麼好的詩來的，這樣一傳十，十傳百，附近的人都知道謫仙李白在太白酒樓留下了墨寶，都願意來這裡喝酒、賦詩，酒店的生意慢慢興隆起來。

那個魯財主聽說了，急忙來給李白賠罪，他挑了兩壇上好的美酒，請李白也為他的酒店題詩。但是李白堅辭不受，還說：「你的酒太薄，經不起我一口喝。」魯財主只好垂頭喪氣的回去了。

莫愁前路無知己

別董大

——高適

千里黃雲白日曛，北風吹雁雪紛紛。

莫愁前路無知己，天下誰人不識君？

- 董大：唐玄宗時著名的琴客董庭蘭。在兄弟中排行第一，故稱「董大」。
- 曛：昏暗。
- 君：指的是董大。

譯文注釋

北國千里，滿天的陰雲使白日顯得昏昏暗暗，北風吹來，大雁在紛飛的雪花裡朝南方飛去。不要憂愁前面路上沒有知心朋友，天下有誰不認識您呢？

背景故事

在唐人贈別詩篇中，那些淒清纏綿、低徊留連的作品，固然感人至深，但另外一種慷慨悲歌、出自肺腑的詩作，卻又以它的真誠情誼，堅強信念，為灞橋柳色與渭城風雨塗上了另一種豪放健美的色彩。高適的《別董大》便是後一種風格的佳篇。

董大，即唐玄宗時著名的琴師董庭蘭。高適與董大久別重逢，經過短暫的聚會以後，又各奔他方。而且，兩個人都處在困頓不達的境遇之中，貧賤相交自有深沉的感慨。此次離別不知何時才能相見，詩人寫下了這首詩，於慰藉中寄予希望，希望能給朋友一種滿懷信心和力量的感覺。

詩的開頭兩句，描繪送別時的自然景色。黃雲蔽天，綿延千里，日色只剩下一點餘光。夜幕降臨以後，又刮起了北風，大風呼嘯。伴隨著紛紛揚揚的雪花。一群大雁疾速地從空中掠過，往南方飛去。這兩句所展現的境界闊遠渺茫，是典型的北國雪天風光。

北方的冬天，綠色植物凋零殆盡，殘枝朽幹已不足以遮目，所以視界很廣，可目極千里。說「黃雲」，那是陰雲凝聚之狀，是陰天的天氣，有了這兩個字，下文的「白日曛」、「北風」、「雪紛紛」，便有了著落。

這兩句，描寫景物雖然比較客觀，但也處處顯示著送別的情調，以及詩人的氣質心胸。日暮天寒，本來就容易引發

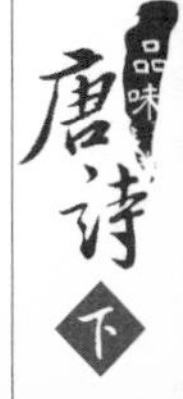

人們的愁苦心緒，而眼下，詩人正在送別董大，其執手依戀之態，我們是可以想見的。所以，首二句儘管境界闊遠渺茫，其實不無淒苦寒涼；但高適畢竟是具有恢弘的氣度，超然的稟賦，他並沒有沉溺在離別的感傷之中不能自拔。他能以理馭情，另具一副心胸，寫出慷慨激昂的壯偉之音。

「莫愁前路無知己，天下誰人不識君？」這兩句，是對董大的勸慰。說「莫愁」，說前路有知己，說天下人人識君，以此贈別，足以鼓舞人心，激勵人之心志。

據說，董大曾以高妙的琴藝受知於宰相房琯，崔玨曾寫詩詠歎說：「七條弦上五音寒，此藝知音自古難。惟有河南房次律，始終憐得董庭蘭。」這寫的不過是董大遇合一位知音，而且是官高位顯，詩境未免狹小。

高適這兩句，不僅緊扣董大為名琴師，天下傳揚的特定身分，而且把人生知己無貧賤，天涯處處有朋友的意思融注其中，詩境遠比崔玨那幾句闊遠得多，也深厚得多。

比千尺還深的友情

贈汪倫

——李白

李白乘舟將欲行，忽聞岸上踏歌聲。

桃花潭水深千尺，不及汪倫送我情！

- 踏歌：邊唱歌邊用腳踏地打節拍。
- 桃花潭：在今安徽涇縣。

李白將要告別朋友乘船出發了，忽然聽到岸上朋友們用腳踏地打著節拍的唱歌聲音。桃花潭水是那樣的清澈和深湛，卻比不上汪倫送我的深情厚意。

背景故事

自西元755年，李白因受排擠被唐玄宗「賜金還山」，丟棄了翰林學士職位，離開了長安，十年來走遍大江南北，

感到心胸開闊。這是朝廷中一些勾心鬥角的官僚所體會不到的。

李白每到一個地方，便廣泛結交朋友，各地友人都很欣賞他的才華。

這年，李白從秋浦（今安徽貴池）前往涇縣（今屬安徽）漫遊，消息很快被當地的文人汪倫知道了。汪倫是一位豪士，為人豪爽，喜歡結交朋友。這天，他飲酒賦詩，豪情勃發，突然想起了李白要來此地遊覽之事。這裡山清水秀，景色宜人，美酒飄香，正適合李白的愛好。

汪倫心想，我一定要會會這位大詩人，這真是天賜的良機，但怎樣才能和他相見呢？汪倫左思右想，忽然想出了一個好主意，他興奮地站起來大聲喊道：「有辦法了！」

於是他寫了一封信給李白。信裡說得挺有意思：「你不是喜歡遊玩嗎？我們這裡有十里桃花。你不是喜歡飲酒嗎？我們這裡有萬家酒店。」

李白這幾年因遊各地，遇到過不少類似這樣的事，也結交了不少情投意合的好友，更何況這位汪倫寫的信又是那樣的熱情爽快，人如其文，這一定又是一位坦誠的朋友。此人很合李白的心意。有十多里桃花可供觀賞，又有一萬家酒店可供豪飲，這是多麼吸引人的地方啊！李白本來就打算到這裡來，見到這一番「旅遊介紹」，更是迫不及待地到了涇縣。

一見面，汪倫就對李白說：「我信中說的『桃花』，是潭水名，並不是真的有桃花；我信中說的『萬家』，是酒店主人姓萬，並不是真有一萬家酒店。」李白聽了哈哈大笑，心想：你的性格也像我一樣豪放，有意思。汪倫留李白住了幾日，幾天下來，汪倫天天陪李白觀賞當地的美景，李白也結識了這裡的文人墨客，由於他興致極高，這幾天寫出了許多詩篇。

這天，李白要告別朋友繼續前往遊覽，汪倫來到江邊和李白告別，為了表達對朋友的深情厚義，他召集了許多朋友前來送行。朋友們一邊高聲唱著當地的歌謠，一邊用腳踏地打著拍節，熱情歡送客人。臨走時，汪倫送給李白八匹好馬，十匹錦緞，並親自唱著「踏歌」送行。李白看到這種場面，想到就要乘船離開這些朋友了，感動得流下了眼淚。當場提筆寫下了這首《贈汪倫》的詩。

詩的前兩句是敘事：先寫離去者，繼寫送行者，展現出一幅離別的畫面。起句「乘舟」是指循水道；「將欲行」是指在輕舟待發之時。這句使我們彷彿見到了李白在正要離岸的小船上向人們告別的情景。

送行者是誰呢？次句卻不像首句那樣直敘，而用了曲筆，只說聽見歌聲。一群村人踏地為節拍，邊走邊唱前來送行。這是出乎李白的意料，所以用「忽聞」而不用「遙聞」。這句詩雖然說得比較含蓄，只聞其聲，不見其人，但人已呼之欲出。

詩的後兩句是抒情。第三句遙接起句，進一步說明放船的地點在桃花潭。「深千尺」既描繪了潭的特點，又為結句

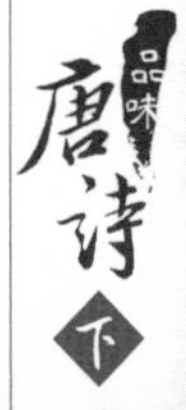

預伏一筆。

桃花潭水是那樣的深湛，更觸動了離人的情懷，難忘汪倫的深情厚意，水深情深自然地聯繫起來。結句迸出「不及汪倫送我情」，以比物手法具體地表達了真摯純潔的深情。潭水已「深千尺」，那麼汪倫送李白的情誼更有多少深呢？耐人尋味。顯然，妙就妙在「不及」二字，好就好在不用比喻而採用比物手法，變無形的情誼為生動的形象，空靈而有餘味，自然而又真摯。

汪倫手拿著李白的詩，大聲吟誦著，久久地望著李白遠去的帆影。據說汪倫把這首詩當作寶物珍藏了起來，並傳給了他的後代。

自古傷感多離別

送孟浩然之廣陵

——李白

故人西辭黃鶴樓，煙花三月下揚州。

孤帆遠影碧空盡，唯見長江天際流。

- 之：去。

老朋友告別了在西邊的黃鶴樓，在春天繁花盛開，一片如煙似霧的三月裡，順流而下要到揚州去。那船的帆影遠遠的隱沒在碧綠的山色之間，只見長江的水浩浩的向天際流去。

唐玄宗開元十五年（西元727年），二十七歲的李白從東南遊歷回來，又到了今天的湖北，在安陸（今湖北安陸），與在唐高宗時期做過宰相的許圉師的孫女結了婚。

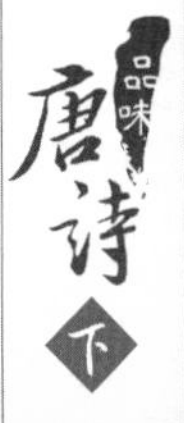

李白性情豪爽，喜歡幫助別人。他從蜀中出來的時候，雖然帶了不少錢，但很快就花光了。他在安陸建立家庭以後，起初的日子還過得不錯，後來卻漸漸窮困下去，連穿衣吃飯都成了問題，只好向親戚朋友借錢。

李白在安陸期間，認識了大詩人孟浩然。

孟浩然是襄陽（今湖北襄樊）人，未能考取進士，一生都不得意。詩人王維很看重他，曾把孟浩然邀請到自己的官署，想推薦他出仕。但因孟浩然出言不慎得罪了唐玄宗，唐玄宗把他打發回家。

這件事對孟浩然打擊很大，從此，他對當官就不那麼感興趣了。後來，當地的地方官韓朝宗約孟浩然一起去長安，要向朝廷推薦他當官。當韓朝宗去找孟浩然起程的時候，孟浩然正和一個朋友在喝酒。有人告訴他：「你與韓朝宗約好一起去長安，他現在來了，你趕快起程吧！」

孟浩然頭也不抬的說：「我正在飲酒，沒有工夫顧別的了！」

韓朝宗很生氣，便一個人去了長安。後來，孟浩然對這件事竟一點也不後悔。

李白很喜歡孟浩然這種性格。所以，他和孟浩然見面之後，很快便成了好朋友。

唐玄宗開元十六年（西元728年）春天，孟浩然與李白在江夏聚會。二十多天裡，他們常在一起飲酒賦詩。

三月下旬的一天，孟浩然向李白告別，登上了開往揚州的船。李白特地在黃鶴樓為他擺酒送行，並寫了這首《黃鶴樓送孟浩然之廣陵》。

黃鶴樓在今武漢市武昌區的江邊，歷來是遊覽勝地。廣陵即揚州，是唐代最繁華的都市之一。詩的開頭一、二句交代送別的時間、地點。武漢在西，揚州在東，從武漢去揚州，順流東下，自然是向西北告別了黃鶴樓。第二句接得很好。他向哪裡去呢？去揚州。「煙花三月」用得非常妙。它不僅指出了離別的季節，也表達了當時的心情。「煙花」指春天籠罩在濛濛霧氣中的綺麗景色。

江南三月，風光明媚，孟浩然將去的又是繁花似錦、繡戶珠簾的江南名都，怎不令人心曠神怡。這兩句表面上只寫了送別的人物、地點、時間和目的地，但透過字面可以清晰地感覺到詩人對作為三吳都會的揚州有無限的神往。

後兩句透過對自然景物和送別情景的描寫很巧妙地表達了惜別依依的情感。樓頭話別，孟浩然登船啟程了。詩人依然佇立江邊，目送故人所乘的船隻遠去，漸漸消失於白雲碧水之間。明麗的天空下順流行進的「孤帆遠影」，本身就具有一絲孤獨感和蒼涼感。

別情如流水，詩人凝望著天際江流，這時只有一江洶湧的波濤，奔向碧空盡處，彷彿依依不捨去追趕遠行的朋友。

軍營中賦詩送別

白雪歌送武判官歸京

——岑參

北風捲地白草折，胡天八月即飛雪。
忽如一夜春風來，千樹萬樹梨花開。
散入珠簾濕羅幕，狐裘不暖錦衾薄。
將軍角弓不得控，都護鐵衣冷難著。
瀚海闌干百丈冰，愁雲慘澹萬里凝。
中軍置酒飲歸客，胡琴琵琶與羌笛。
紛紛暮雪下轅門，風掣紅旗凍不翻。
輪台東門送君去，去時雪滿天山路。
山迴路轉不見君，雪上空留馬行處。

注釋

- 白草：西域牧草名，秋天時變白色。
- 胡天：指西域的氣候。
- 都護：鎮邊都護府的長官。
- 瀚海：地名，今準噶爾盆地一帶。
- 闌干：縱橫的樣子。

- 轅門：古代軍營前以兩車之轅相向交接成門，後人稱營門為轅門。

譯文注釋

北風捲地而來，白草都被吹折，邊塞八月裡就飄飛著白雪。忽然就如一夜之間春風吹來，千萬樹梨花處處盛開。雪花飄進珠簾沾濕了羅幕，穿著狐皮袍仍感覺不到溫暖，蓋著錦被也覺得太單薄。將軍的雙手凍得拉不開弓，都護的鎧甲冷得難以穿上。

沙漠縱橫，處處冰天雪地，天空昏暗，凝聚著萬里陰雲。營帳中設下酒席宴請歸京的客人，為了助酒興彈奏起胡琴琵琶，吹奏起羌笛。暮色昏沉，轅門外大雪仍在紛紛飄落。寒風猛吹，紅旗被冰凍結不再翻飛。我在輪台的東門送你離去，你離去時大雪覆蓋了天山的通路。道路在山中盤旋，漸漸地我看不到你的身影，雪地上只留下你騎馬踏過的馬蹄印。

背景故事

岑參（約西元715~770年）唐代詩人。原籍南陽（今屬河南），遷居江陵（今屬湖北）。出身仕宦家庭。早歲孤貧，遍讀經史。二十歲至長安，求仕不成，奔走京洛，漫遊河朔。天寶三年（西元744年）中進士。天寶八年、十三年兩次出塞任職。回朝後，任右補闕、起居舍人等職。大曆年

間官至嘉州刺史，世稱岑嘉州。後罷官，客死成都旅舍。

唐玄宗天寶十三年（西元754年）八月，安西北庭節度使封常清的主帥營帳裡，正在大擺酒宴，好不熱鬧。對坐在邊塞詩人岑參身旁的中年男子頻頻勸酒。這個中年男子，是岑參的前任武判官，他即將離開軍營回京城長安。

突然間，酒桌上有一個同僚站起來說：「大家都知道岑兄詩名卓著，今武兄即將離去，何不吟詩一首？」大家馬上附和。

岑參笑了笑，把杯中的酒一飲而盡，站起身來，對諸位同僚說：「我和武兄相交一場，情同手足，今武兄離任而去，小弟理當獻醜，不過……」岑參有意頓了一下。

大家議論紛紛地追問：「怎樣？怎樣？」

岑參接著說：「好詩還需借助酒興。咱們再乾一杯，去帳外欣賞一下北國風雪交加的奇景，那時我的詩也就作成了。」

大家拍手稱妙，連連點頭稱是。

岑參信步走出帳外，看到了一幅氣勢壯闊的塞外風景圖：北風捲地，白草摧折，邊塞的八月飛起了滿天風雪。夜降飛雪漫天皆白，遍地碎玉，玉樹瓊枝，有如千樹萬樹的梨花盛開。這時，片片雪花輕輕地飄落到珠簾帳幕上，使人頓覺邊塞奇寒，身穿狐裘也感覺不到溫暖，就連裹著的錦被也覺得單薄。

因為邊塞氣候實在寒冷，角弓受寒而弦僵硬，鐵衣冰冷而難穿。詩人又抬頭看看遠處，浩瀚無邊的沙漠覆蓋著百丈冰層，愁雲慘澹佈滿了萬里天空。就在這冰天雪地裡，中軍帳裡擺酒宴為朋友武判官送行，彈起胡琴、琵琶，吹奏羌笛來助興。酒宴快散時，時間已近黃昏，轅門外大雪還在紛紛飄落，紅旗凍得風也吹不動。就在此刻，詩人在輪台東門外與朋友武判官告別，離去時茫茫大雪封住了天山的道路。詩人送友歸來，峰迴路轉，思念著去時與武判官相伴，而今不見友人，只看到友人走後雪地上留下的一行馬蹄印。

詩人熱酒下肚，詩興上湧，醮上濃墨，鋪開紙張，於是奮筆疾書寫下了這首《白雪歌送武判官歸京》的詩。

全詩開篇就定下非常有氣魄的基調。

一至四句：「北風捲地白草折，胡天八月即飛雪。忽如一夜春風來，千樹萬樹梨花開」，用盛開的梨花來比喻滿樹的雪花，一幅壯麗的北國冰雪風光頓時展現在讀者眼前。「一夜春風」是寫實，同時也暗含驚喜之意。

平淡的北國經過一夜的銀裝素裹，讓早起賞雪的詩人想起了觀賞春天梨花盛開的好心情，梨花是在慢慢地等待中開放的，而雪花中的北國是一夜即成，欣喜之情自然更勝一籌！然而這種想像又是何等地神奇！春花爛漫本是春天的勝景，把冬天的肅殺無情換成春意盎然，實際上是詩人自己樂觀人生態度的表現，同時也是盛唐時蓬勃向上、極度自信心理的自然流露。

五至八句：「散入珠簾濕羅幕」四句緊扣塞外風雪的奇

冷，用具體的所見所聞來描寫雪天的冰寒刺骨，讀來親切自然。同時又把視線從室外拉到室內，雪花帶著寒意「入珠簾」、「濕羅幕」，場景的過渡非常流暢自然。

「狐裘不暖錦衾薄。將軍角弓不得控，都護鐵衣冷難著。」從出征將士自己的感受來寫塞外的嚴寒，讓人感同身受。將軍和都護是互文見義，將軍的條件遠好於普通將士，他尚且感覺「不得控」、「冷難著」，更何況衣著單薄的士兵呢？

但是非常奇特的是，讀著這樣的詩句，不僅感受不到將士生活的艱苦，反而能體會到將士們駐守邊塞的豪情壯志，原因就在於詩人「好奇」的詩風和昂揚的激情。

九至十句「瀚海闌干百丈冰，愁雲慘澹萬里凝」，也誇張之極，不是寫實，而是虛擬人所不能見的全景，雖然是想像，卻又顯得合情合理，讓人讚歎。

「翰海」指沙漠的廣闊，「百丈冰」形容冰川的高峻，再加上萬里不散的愁雲，就像現在電影裡面的全景鏡頭一樣，給讀者帶來全新的視覺體驗。同時，詩人又用一個「愁」字為即將到來的送行作了情感的鋪墊。

十一至十二句「中軍置酒飲歸客」下面開始進入正題，描寫送別的情景，用「胡琴」、「琵琶」、「羌笛」這些非常典型的西域樂器具體地渲染出了送別的場景和氣氛，讓人感覺到迥異於中原內地的邊塞送行氣氛。

十三至十四句寫營門外的冰雪寒風，天氣奇寒。「風掣紅旗凍不翻」更是塞外才能感受到的奇妙景象，連紅旗都被凍住了，在狂風中一動也不動，多麼地神奇！而不動的紅旗和狂風中飛舞的雪花正好成了絕妙的對比，動靜相配，給人一種「詩中有畫，畫中有詩」的美感。

十五至十八句寫輪台東門送別的情景。「山回路轉不見君，雪上空留馬行處」，從壯麗的雪景裡回到送行的主旨，感情真切，韻味深長。

離別時刻，再飲一杯又何妨

渭城曲

——王維

渭城朝雨浥輕塵，客舍青青柳色新。

勸君更盡一杯酒，西出陽關無故人。

注　　釋

- 詩題原作《送元二使安西》。
- 渭城：在今陝西省西安市西北。

譯文注釋

渭城清晨的細雨潤濕了路上輕揚的塵沙，旅舍前面青翠的楊柳也煥然一新。請您再乾一杯酒吧！您向西出了陽關就再也見不到我這個老朋友了。。

背景故事

唐代詩人王維是一個多才多藝的詩人。他結交了許多知心朋友，元二就是其中的一個。

有一天，王維在渭城（今陝西省西安市西北）為友人元二送行。元二要到遙遠的新疆去任職，心中感到十分難過，他對王維說：「老弟，這次分手，也許沒有相見的機會了，豈能不送為兄一首詩？」

王維笑道：「這個理所當然，兄長即使不說，小弟也要送你一首！」

於是，王維看了看眼前的景色：小雨濕潤了地上的塵土，客舍附近是翠綠清新的楊柳。他高興地擺出酒席，勸元二多喝一杯酒，因為出了陽關（今甘肅省敦煌縣西南）就很難再遇上老朋友了。

當王維酒喝完之後，命書童拿來筆、墨、紙、硯，一揮而就寫下了這首《送元二使安西》詩。

這是一首送別佳作。首句「渭城朝雨浥輕塵」，描繪的是渭城雨後初晴的景象。這是春天的一個早晨，剛剛下過一場小雨，把空氣中的浮塵都打濕了。這句交代了送別的時間、地點。

「客舍青青柳色新」，雨水洗去柳葉上的浮塵，柳樹顯現出它不同往日青翠的本色，所以說是「柳色新」。在柳色的映襯下，客舍都顯出青青之色。與常見的送別詩不同，這首詩一反常見的黯淡筆調，反而為我們展現了一幅清新輕快的景象。

在前兩句交代了送別的時間、地點，並渲染了氣氛之後，後兩句筆調一轉，匠心獨運，不言其他，單寫酒席即將結束時主人的勸酒辭：「勸君更進一杯酒，西出陽關無故人。」

他不寫執手相看淚眼，不寫席間的殷勤話別，不寫別後的矚目遙望，而只是抓取席將結束時主人的一句勸酒辭，其他的話似乎不用多說，都已盡在不言中。

親情篇

古時，交通不便，無論是
戍守邊疆還是外出做官，一旦與家人
離別，便很少有機會再相見；
若遇上時局動盪、戰爭連年不斷，可能一別就是
十幾年或幾十年，親人們天各一方，杳無音信，說不
盡的是永遠的牽掛和擔憂，道不完的是彼此的
相思與懷念，而這些，在唐人的
詩歌中得到了真實的表現。

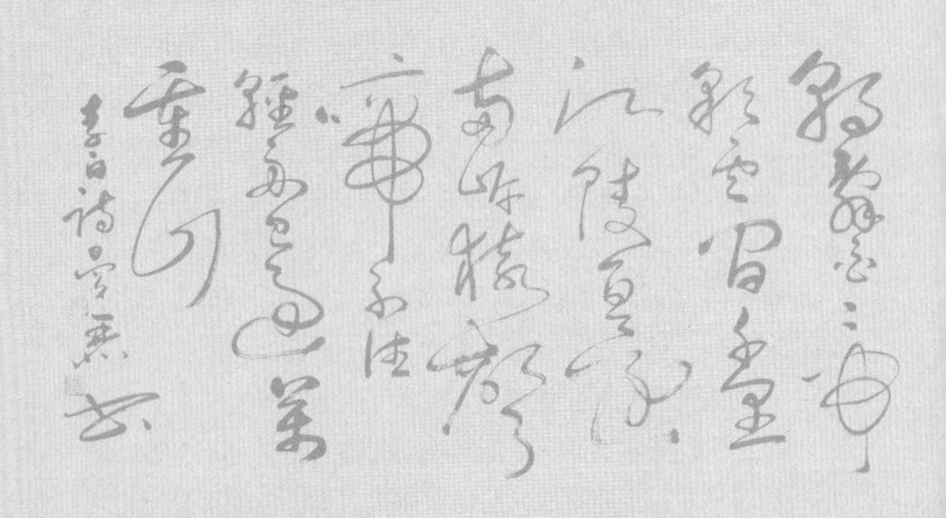

給家人報聲平安

逢入京使

——岑參

故園東望路漫漫，雙袖龍鍾淚不乾。

馬上相逢無紙筆，憑君傳語報平安。

- 故園：指長安。
- 龍鍾：淋漓沾濕，淚水很多的意思。
- 憑：託。

東望故園道路多麼遙遠，雙袖都已透濕淚水還未擦乾。騎在馬上與你相逢身上沒有帶著紙和筆，只好託你傳個口信回去給我的家人，說我一切平安。

唐玄宗天寶三年（西元744年），岑參結束了浪跡江湖

的生活，以第二名中了進士，朝廷授予他右內率府兵曹參軍的職務。他便把妻子從潁陽（今河南省登封縣潁陽鎮）接到長安，在長安附近杜陵山中辟了一處家園居住。五年以後，即天寶八年（西元749年），岑參第一次赴西域，擔任安西四鎮節度使高仙芝幕府書記。他告別了在長安家中的妻子，登上了西去的漫漫道路。

由長安向西已經走了好多天了，回頭一望，只覺得長路漫漫，長安的家是那麼遙遠。在荒涼偏僻的地方行走，詩人格外思念家中的親人，加上詩人感到自己前途渺茫，越發傷心，以致淚流滿面。就在這時候，詩人意外地遇見了一個熟識已久的朋友，兩人在路邊敘談，知道對方是從西北邊境回京都長安的。

這意外的巧遇，怎麼能令人不喜悅呢？可是偏偏身邊沒有紙和筆，不免有錯過機會的歎息。但詩人又轉念想到，雖然不能捎一封書信，但怎能錯過這難得的機會呢？不如託對方給家裡捎個平安的口信吧！即使是這樣簡單的口信傳到遠方親人的耳中，也會產生莫大的安慰。於是，詩人到了驛站投宿後，才揮筆寫了這首《逢入京使》的詩。

此詩很有韻味，詩人向西而行，卻與向東返家的京使不期而遇。可以想見，回家的使者越走越興致勃發，而離家漸遠的詩人自然是越行越感傷。兩人的相遇，更增加了這種對比的心理，因此，「雙袖龍鍾淚不乾」也就在情理之中了。同時，詩人「淚不乾」一方面是為了故人的不期而遇，另一

方面，更是因為這次意外的邂逅，讓他更加思念遠在長安的家人和朋友。

詩歌最精采的地方當數最後兩句，在那個「家書抵萬金」的年代裡，能夠給家人報個平安，讓家人放心，是多麼幸福的事情啊！詩人隨手寫來，不事雕琢，顯得感情真摯感人。「馬上相逢無紙筆，憑君傳語報平安」，很平常的生活瑣事，卻富有詩意，讀後讓人久久不能忘卻。

思鄉的戍邊戰士

夜上受降城聞笛

——李益

回樂烽前沙似雪，受降城外月如霜。

不知何處吹蘆管，一夜征人盡望鄉。

注釋

- 受降城：貞觀二十年，唐太宗於靈州受突厥一部之降，故靈州也稱受降城。
- 回樂烽：回樂縣附近的烽火台，回樂在甘肅省靈武縣西南。
- 蘆管：即胡笳，一種以蘆葉為管的樂器。

譯文注釋

回樂峰前的沙粒潔白如雪，受降城外的月色明亮如霜。不知在何處吹起了蘆管，讓出征將士整夜都思念故鄉。

背景故事

李益是中唐的著名詩人，曾被時人稱為「文章李益」，他每寫成一首詩，教場的樂工就以重金求取，作為歌詞譜成曲演唱，可見他的詩名有多大。唐德宗建中元年（西元780年），李益進入朔方（治所在今寧夏靈武）節度使崔甯的幕府，開始了他的從軍生涯。詩人曾隨崔寧在北方巡行，到過許多地方，有機會對邊塞生活進行深入瞭解，因此瞭解長期駐守邊塞的士兵的心理。

有一次，詩人巡行到受降城，在一天夜裡登上受降城。月光下的邊塞，蒼蒼茫茫，一片瀰漫，分不清是沙是雪，是月是霜，突然不知從哪裡傳來了陣陣幽怨的蘆笛聲，打破了黑夜的沉寂。原來是那些長期戍邊的戰士們，用蘆笛來傾訴對故鄉的思念。笛聲令李益深有感觸，回到客舍寫下了《夜上受降城聞笛》的詩。

受降城在初唐時有十分顯赫的經歷，可時至中唐，國力衰微，邊亂長期不息，它就不再有振奮人心的感召力了，長期戍守在這裡的將士也不復初、盛唐時的自信，相反的，一種厭戰的情緒籠罩著他們。在這樣的大背景下，作者帶著沉重的心情，在深秋的一個月夜，登樓遠眺，無限感慨，寫下了這首詩。

一、二句：「回樂烽前沙似雪，受降城外月如霜。」詩人寫登樓時所見的月下景色。月光照著受降城高矗的烽火

台，連同它腳下的茫茫大漠。這月光有如霜一般的清冷，給漫無邊際的沙地染上一層清冷的色彩。在這靜默得讓人窒息的夜裡，詩人感到十分的傷感。因為邊地將士久戍不得歸，整日不是在城外廝殺，便是獨對清冷與孤寂。將軍馬上、征夫樓頭，詩人為這清冷、孤寂而有所感，他們的內心是怎樣的痛苦與不堪，是有邊地生活經歷的詩人可以想見的。

三、四句：「不知何處吹蘆管，一夜征人盡望鄉。」緊承前兩句，寫在一片岑寂中，不知從何處傳來一聲蘆管的吹奏聲，這隨風而至、時斷時續的樂音，竟然吹動了所有人的思鄉之情。

「一夜征人盡望鄉」一句，包含了凝重、深長的意味，「盡」字寫出了他們無一例外的不盡的鄉愁。如果不是征人的思鄉之心急切，如果不是征人的徹夜難眠，這樂音怎能擾動他們鏖戰後的沉酣呢？

從全詩來看，前兩句寫景，第三句寫聲，末句抒發心中所感，寫情。前三句都是為末句直接抒情作烘托、鋪墊。全詩把詩中的景色、聲音、感情三者融合為一體，將詩情、畫意和音樂之美熔於一爐，組成了一個完整的藝術整體，意境渾成，簡潔空靈，而又具有涵蘊不盡的特點。因而被譜入弦管，天下傳唱，成為中唐絕句中出色的名篇之一。

這首詩一經寫出，就得到了人們的高度評價。當時就有樂師將此詩譜入弦管，天下傳唱，還有畫家根據詩的意境繪成圖畫。

寂靜深夜裡的思鄉情

靜夜思

——李白

床前明月光，疑是地上霜。

舉頭望明月，低頭思故鄉。

• 舉頭：抬頭。

床前灑下一片銀白色的月光，我懷疑是地上結了一層秋霜。抬頭凝望碧空中的明月，低頭思念遙遠的故鄉。

背景故事

李白曾到處漫遊，遍訪求學。在外時間久了，難免會有孤寂之感和思鄉之情，尤其是在那寂靜的長夜。

有一天深夜，李白一人孤獨地躺在床上難以入眠。茅屋外是涼森森的秋天。窗外月光明亮皎潔，一直照到了床前。

朦朧之中，床前那片水銀般的白色月光，真像地上的秋霜。

這象徵團圓的一輪明月，使大詩人李白無法入睡，他索性坐了起來，抬頭隔窗望著天上的明月。這時，那孤寂的寒月，撩起他無限的幽思、深切的思念，他不知不覺地低下了頭。依稀之中，彷彿見到了故鄉的圓月、故鄉的親人。這時候，月亮撥動了他鄉遊子的心弦，於是他借月懷鄉，充滿激情地寫出了這首在靜夜裡思念故鄉的詩《靜夜思》。

本詩寫的是在寂靜的夜晚思念家鄉的情感。夜深寒氣襲人，月光照在床前十分明亮。因思鄉而難以入眠的詩人看到床前一片水銀似的白色，驟然間以為是秋霜降落。這一「霜」字用得很妙，既形容了月光的皎潔，又表達了季節的寒冷，還暗示了思鄉的情感：如果不是大半夜還未入睡，怎會在床上感覺寒冷。

詩人抬頭望見夜空上一輪孤光，自然引起無限惆悵，不由得低下頭來沉思，愈加想念自己的故鄉，因而黯然神傷。望月思鄉，是古人旅居外地時所常有的感情。此詩即景生情，從「疑」到「舉頭」，從「舉頭」到「低頭」，具體地表現了詩人的心理活動過程，以平淡的語言娓娓道來，將一幅月夜思鄉圖生動地呈現在我們面前。

久別重逢後

月夜

——杜甫

今夜鄜州月，閨中只獨看。
遙憐小兒女，未解憶長安。
香霧雲鬟濕，清輝玉臂寒。
何時倚虛幌，雙照淚痕乾？

注釋

- 鄜州：今陝西富縣。
- 未解：不理解。
- 香霧：婦女的髮香透入霧氣，故云香霧。
- 雲鬟：形容女子的頭髮像雲霧繚繞一般美好的樣子。
- 清輝：指月光。
- 虛幌：透明輕薄的帷幔，泛指窗邊。
- 雙照：月光共照二人。

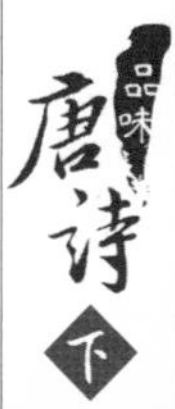

晚上鄜州的月亮，只有妻子一個人看了。可憐我那幾個年幼的孩子，還不知道想念遠在長安的父親。夜裡的霧濕潤了妻子的頭髮，清冷的月光照在她的手臂，什麼時候才能和她靠在那柔薄的帷幕，讓月光照在我們淚痕斑斑的臉龐上啊！

背景故事

天寶十四年十一月，安史之亂爆發。第二年六月九日，叛軍攻佔了長安和關中地區的屏障潼關。十三日晨，玄宗帶著楊貴妃姐妹和楊國忠等少數親信向西逃竄。

七月，唐肅宗在靈武即位，杜甫獨自一人奔赴靈武投奔唐肅宗，途中被安祿山的軍隊俘虜，並帶到長安。因他當時任的官職小所以沒被囚禁，他便暫住長安，由於思念家裡的妻兒，便寫下了這首名作《月夜》。

詩的首聯是：「今夜鄜州月，閨中只獨看。」詩人不直接寫自己月夜思親，而從反面切入，遙想寄居在鄜州的「閨中」妻子對月「獨看」，思念擔心著自己的焦慮孤苦之情。

頷聯：「遙憐小兒女，未解憶長安。」承接首聯，寫小兒女們不諳世事，不理解母親對陷落長安的父親的思念。這裡，詩人以兒女的「未解憶」反襯妻子的「憶」。呼應上聯「獨看」之淒苦。

頸聯：「香霧雲鬟濕，清輝玉臂寒。」寫妻子久久地獨自看月，進一步表現她「憶長安」的相思之情。夜深了，霧濃了，妻子的頭髮被霧浸濕了，清冷的月光把她的手臂照冷了，她仍然獨立院中，想到丈夫不知生死，月寒淚落，這是多麼悽楚的情景啊！這裡，寫出了妻子望月之久，思念之深！

尾聯：「何時倚虛幌，雙照淚痕乾。」就是說何時我們才能一起倚靠在窗帷前，讓月光將兩人的淚痕照乾同抒愁緒呢！這裡寫詩人對未來團聚的渴望。

「雙照」應「獨看」，可見「獨看」之淚痕不乾！一個反問句，表達了詩人對聚首相倚的強烈渴望，以及戰亂造成家人分離的憤恨與譴責！

後來，杜甫逃出長安直奔靈武，受到唐肅宗的重用，並任左拾遺。他為當時的政事提了不少合理的建議，不但沒有被採納，反而觸怒了唐肅宗。為了讓他離開朝廷，肅宗下令讓他回鄉探親，就在他任左拾遺的四個月後，杜甫離開了朝廷回去州探親。傍晚，他回到了州郊外的羌村。

這時，西天堆滿了紅雲，太陽已落在了地平線上。他這個從千里之外回來的遊子還未靠近家門，一群鳥雀已驚得亂飛亂叫。妻子和孩子忙從屋裡跑出來，妻子怔怔地望著他老半天，淚水從臉上流了下來：「真的是你回來了？難道你還活著？」

鄉親們聞訊都跑出來爬在牆頭上看這久別重逢的一家人，忍不住流著眼淚說：「這戰亂的年月，能活著回來真是

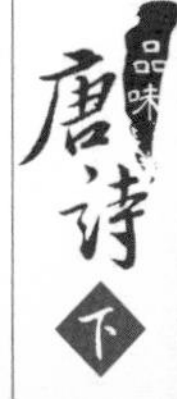

不容易呀！」

杜甫和親人一直談到深夜，藉著昏暗的燭光互相看著，親人們真有些不敢相信，這是真的，不是在做夢，就連他自己也不敢相信了。

自古多情相思苦

夜雨寄北

——李商隱

君問歸期未有期，巴山夜雨漲秋池。

何當共剪西窗燭，卻話巴山夜雨時。

- 詩的另一個題目為「夜雨寄內」。
- 巴山：因其境內有大巴山、小巴山，常用巴山代指巴渝地區。
- 何當：何時能夠。

你問我回家的日子，我自己也不知道，今夜，巴山的雨下得這麼大，池塘的水都漲滿了。什麼時候才能與你同坐西窗共剪燭花呢？那時我還要告訴你在巴山夜雨時我思念你的心情。

西元828年，李商隱從長安前往涇川（在今甘肅），正式投到涇原節度使王茂元幕下，擔任了掌書記的職務。

王茂元對李商隱的才學十分器重，不但優禮相待，而且還把最小的女兒嫁給了他。

當時朝廷上牛、李兩黨的鬥爭已經十分嚴重。牛黨的令狐綯一向把李商隱視為知己，幫助他考中過進士。現在李商隱卻成了李黨王茂元的女婿，這不能不引起令狐綯的切齒痛恨。從此他便在政治上處處排擠和打擊李商隱。

不久，李商隱到長安去參加博學鴻詞科考試。由於文章寫得很好，初審時已經被吏部錄取，但在上報中書省時，卻意外地遭到了黜落。很明顯，這是牛黨從中作梗的結果。李商隱感到十分氣憤。

妻子王氏在涇川得到李商隱落選的消息，立即派人送去一封書信，寬慰李商隱不要灰心氣餒，並勸他早日回家相聚。

第二年春天，李商隱終於通過考試，被朝廷任命為祕書省校書郎。可是只過了幾個月，一紙詔書又把他調到潼關以東的弘農（今河南靈寶北）去擔任縣尉。他不得不懷著抑鬱的心情告別王氏，趕到弘農去上任。

在以後的幾年裡，他南北奔波，遠離家鄉，久久不能與王氏見面。因此他經常感到悶悶不樂，難以釋懷。

西元847年，李商隱已經三十六歲，在政治上仍然毫無建樹。這時，屬於李黨的鄭亞忽然被任命為桂管防禦觀察使，要到西南的桂州（今廣西桂林）去上任。他很賞識李商隱的才華，聘請李商隱做他的幕僚。李商隱欣然同意了。

當時，李商隱一家已遷到長安居住。入夜以後，王氏為丈夫整好行裝，就和李商隱坐在燭光下殷勤話別。她想到桂州離長安有兩千多里，李商隱此去不知何時才能歸來，辛酸的淚水不由模糊了她的雙眼。

李商隱來到桂州後，鄭亞對他非常器重，特地派他作為專使到江陵去處理公務。第二年正月，李商隱剛返回桂州，鄭亞又請他前往昭平代理太守之職。對於這些禮遇和信任，李商隱心裡十分感激。

可是時隔不久，一場意外的變故發生了。牛黨中的白敏中、令狐綯等人，趁宰相李德裕被罷官貶謫的機會，落井下石，對李黨進行了全面的排擠和打擊。

二月間，鄭亞接到朝命，被貶往循州（今廣東惠州市東）去做刺史。李商隱失去了政治上的依靠，只好離開桂州，去投奔當時擔任節度使的遠房表兄杜驚。

就在這時候，李商隱忽然收到了王氏從長安的來信。信中除了向他傾吐相思之情外，還問他何時才能返回家園。李商隱含著眼淚讀完以後，仍然決定先到西川走一走，等事業上有了成就，再回去和王氏團聚。

第二天，李商隱從荊州乘船溯江西上，經過一個多月的航程，終於來到山城夔州。這時天氣忽然驟變，暴雨連綿不斷，江上白浪翻滾，驚濤拍岸，船隻根本無法開航。李商隱只好在城中暫住下來。

窗外響著淅瀝的雨聲，雨水注滿了院中的池塘，綿延高聳的巴山也彷彿沉浸在一片雨霧之中。

李商隱對著昏黃的燈光，細細重讀妻子的來信，一年前他在長安和王氏剪燭西窗、殷勤話別的情景忽然清楚地映現在眼前。

深厚的情誼、無限的思念，就在一剎那間奔湧到李商隱的心頭，彙成了一首傳誦千古的名作《夜雨寄北》。

「你問我歸來的日期，還沒有定呢！」首句似平平淡淡的回答遠方的詢問，細品之下，內涵卻很豐富，故鄉親人的殷切期盼，自己羈絆異鄉的無可奈何，歸期未定的抑鬱惆悵，都融合在這一問一答中。

次句寫自己置身之地的自然環境。因處四川盆地，四面大山環繞，巴渝地區多夜雨，巴山夜雨是重慶秋季獨特的景觀，常常白日晴空萬里，夜晚淅瀝小雨如期而至，洗去了一天的浮塵、暑氣，第二天又是一個清新涼爽的早晨。

萬籟俱寂時飄舞在巴山夜空的細雨，觸動了無數多愁善感的心靈，喚起了漂泊在外的遊子多少思鄉的愁緒。詩人抓住當地景物的特點，以細細密密的秋雨漲滿秋天的池塘給人的感覺，來抒發羈旅的淒清孤寂。

三、四兩句設想未來相聚的情形。什麼時候我們能夠坐在西窗之下，共剪燭花？那時再來談論今晚的巴山夜雨。詩中又出現了「巴山夜雨」，只是此巴山夜雨不是眼前的實景，而是未來相逢時談論的話題。以想像中美好的場景來突現今日的相思之苦。

天涯遊子的牽掛

遊子吟

——孟郊

慈母手中線，遊子身上衣。

臨行密密縫，意恐遲遲歸。

誰言寸草心，報得三春暉。

注　釋

- 遊子：離家在外的兒子。
- 意恐：擔心。
- 寸草：小草，比喻遊子。
- 三春暉：春天的陽光，比喻母親對子女的關心。

譯文注釋

慈母手中拿著針線，縫製著遊子身穿的寒衣。臨行前一針一線細細密密地縫，生怕兒子遲遲不歸。

小草向著太陽，就像兒女心向母親。兒女小草一般的情，哪報得了母親太陽般的恩。

孟郊小時候家境非常貧寒，但是他母親卻是一位有見識的女子，為了孩子們的將來考慮，她不惜多做一些活計也一定要讓他們讀書識字。

孟郊小時候就很聰明，而且非常懂事。他看到母親為他們幾個日夜操勞，人都累瘦了，就暗下決心，一定要好好讀書，長大了做個能養家的男子漢，要讓母親過上好日子。

幾十年過去了，孟郊經過不懈的努力，終於考中了進士，五十歲時，他謀得了溧陽尉的官職，雖然晚了些，但還是實現了自己的目標，更可以完成自己盡孝的心願。他想到自己多年在外漂泊，始終未能盡孝，心中非常慚愧。如今謀到了事做，他決定把老母親接到身邊，終日陪伴奉養，以報答母親的養育之恩。主意拿定，他即刻告假還鄉，親自回家迎接自己的母親。

經過一路奔波，終於看到家鄉熟悉的山水，詩人不禁有無限感慨。看到兒時嬉戲過的草地池塘，親切之感頓生。一切似乎沒有多少改變，那間簡陋的老屋，因為多年失修，顯得更加破敗不堪了，屋旁那棵老樹也增添了幾枝枯乾，是啊！它也在歲月的長河裡遷延，在風雨的飄搖中老去。

年邁的老母親坐在床頭，傴僂著腰身，她又在縫補衣裳了。這樣的情景有過多少次啊！時光染白了她的雙鬢，歲月改變了她的容顏，使她皺紋滿臉，眼神昏花。孟郊想到了許多個分別的場面。

他一生中和母親的離別太多了，太尋常了。每次出門應舉，都是一次傷心難過的遠別。離開母親的時候，母親總是千叮嚀、萬囑咐。囑咐他一路小心，囑咐他不要出去太久，囑咐他莫要掛念家中⋯⋯那盞熟悉的油燈總是散發著昏暗的光芒，把母親的焦急和擔憂照得透亮。母親拿著針線，為出遠門的孩子縫補衣裳，縫啊補啊，總是沒有停歇的時候⋯⋯想著想著，孟郊眼裡已是熱淚盈眶。

他邁進小屋，跪在母親的床邊哭喊：「母親啊，兒回來接您來了。」多少年了，一直說著要報答母親，現在終於有了這樣的機會，孟郊的心情實在是太激動了。

母子互相攙扶起來，互道別後的艱難生活和思念之情。

孟郊把母親接到了溧陽任上，又懷著激動的心情寫下了這首情真意切的《遊子吟》，來表達對母親的敬愛和感激之情。

前四句寫母愛，詩人選取母親為兒子趕製衣裳的情景，透過縫衣的動作刻劃，把母親的心情剖露得十分細膩深刻。詩人以小見大，表現了深沉博大的母愛，後兩句以寸草難以報答春日的恩德作比喻，新穎貼切，抒發了對母親的無限感激之情。

「寸草心」、「三春暉」千古以來成為專指子女形容自己孝心和父母恩慈的語彙。同時，多年來仕途失意，詩人飽嘗世態炎涼，窮愁終身，便更加覺得親情的可貴。所以抒情也因此而自然真摯，在清新流暢，淳樸自然的敘述中，詩味才更加濃郁醇美。

孟郊對母愛的歌頌也給後世的人們做了榜樣，使得我們一想到母親的辛勞，就會想起這首詩來。

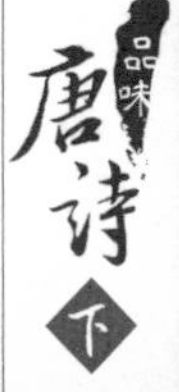

思念遠征的夫君

子夜吳歌

——李白

長安一片月，萬戶擣衣聲。
秋風吹不盡，總是玉關情。
何日平胡虜，良人罷遠征。

注　釋

- 擣衣聲：古代婦女把布帛放置砧上，用杵搥擊，搗洗後便於製衣。秋天正是備寒衣的時節，這時的擣衣聲最能引起思婦對遠方親人的懷念。
- 玉關情：指對遠戍玉門關外丈夫的思念之情。
- 平胡虜：平定敵寇。
- 良人：丈夫。
- 罷：停止。

譯文注釋

長安城裡灑滿了月色，千家萬戶擣衣聲聲。吹不盡的秋風陣陣，就如同我對戍守關外丈夫的思念之情。何時才能平定胡寇，使親人不再去關外遠征？

背景故事

這是一首思婦詩。詩人描繪秋月之下，千家萬戶都在為親人趕製寒衣的生活場面，從側面揭示了戰爭規模的宏大。為廣大婦女抒發了盼望戰爭早日結束，親人歸來團聚的心聲。詩人李白有感於此，寫下了這首《子夜吳歌》。

詩的前四句用白描手法寫景，為抒情創造環境氛圍：秋天的晚上，一片月光籠罩著長安的夜空，秋風蕭瑟，家家戶戶不斷傳來此起彼伏的擣衣聲，人們正忙著準備冬衣。

所謂擣衣，其實是搗布，即把織好的布帛放在石砧上用杵搗擊，使之軟熟，以便縫製棉衣。

詩人由景入情，由「一片月」連起「萬戶」，由「萬戶」引出「擣衣聲」。從這擣衣聲中，詩人想像這些婦女們是在準備為征戍的丈夫縫製征袍，她們一面擣衣，一面懷念戍守玉門關的丈夫。

「秋風」兩句承上景而直接抒情：陣陣秋風不僅吹拂不掉思婦深沉無盡的情思，反而勾起她們對遠方親人的思念。「不盡」既形容秋風陣陣，也形容情思的悠長纏綿。這吹不

斷的情思又總是飛向遠方，那麼執著，一往情深。

最後兩句直接抒情議論，喊出了思婦的共同心聲：什麼時候才能掃平胡虜，消除戰爭，親人停止遠征，結束這動盪分離的生活呢？這是對勝利的渴望，更是對和平的呼喚。

由於這首詩不同於一般單純表達相思愁苦的詩，它是借思婦之口，表達了當時人民大眾對和平的嚮往，因此歷來為人們所喜愛。

兄弟情深

月夜憶舍弟

——杜甫

戍鼓斷人行，秋邊一雁聲。

露從今夜白，月是故鄉明。

有弟皆分散，無家問死生。

寄書長不達，況乃未休兵。

注　釋

- 戍鼓：戍樓上的更鼓。杜甫當時在秦州，城樓上有戍兵守夜，定時擊鼓。
- 秋邊：一作邊秋，指邊疆上的秋天，秦州遠離長安，故言「秋邊」。
- 未休兵：指安祿山已死，史思明從范陽引兵南下，再次攻陷汴州、洛陽等地，戰事激烈。

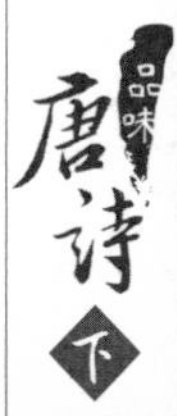

譯文注釋

戍樓上傳來更鼓的聲音，道路上無人通行，邊塞荒涼的深秋裡，傳來了鴻雁的啼鳴。霜露在今夜裡格外潔白，故鄉的月色應更加光明。雖有兄弟，但都分散在各地，沒有了家園，去何方探問他們的死生呢？寄出的書信長久不能到達，況且連年戰爭至今仍無法休兵。

背景故事

杜甫於唐肅宗乾元元年（西元758年），由左拾遺貶為華州（今陝西省華縣）司功參軍後，當地發生饑荒，便棄官移家秦州（今甘肅省天水市），這時詩人的心情極為苦澀壓抑。

乾元二年九月，史思明攻陷東都洛陽及濟、汝、鄭、滑四州。當時，只有弟弟杜占跟隨身邊，其他三個弟弟杜穎、杜觀、杜豐分散在河南、山東等地，由於戰爭頻繁，消息斷絕，詩人心頭時常縈繞著對弟弟們的無限憂慮、關心和懷念。

乾元二年秋天，白露節的夜晚，清露盈盈，明月朗照，詩人久久不能入睡，只得信步走到室外。望著天空的一輪明月，他思念起許久不知音信的弟弟們，於是寫下了《月夜憶舍弟》的詩。

詩的首聯：「戍鼓斷人行，秋邊一雁聲。」寫戰時邊地秋天淒涼的境況。此時史思明叛軍進犯黃河南北，西南吐蕃不時侵擾，秦州戰事緊張。報警的戍鼓聲響，實行夜禁，人行斷絕，這是所見。接著寫聽到孤雁之聲，氣氛更為淒涼。「雁聲」既點明秋季，又喻「兄弟雁行」、孤雁失群，聯想起兄弟失散，引發憶弟的情懷。

頷聯：「露從今夜白，月是故鄉明。」寫思鄉之情。意謂在這白露節的夜晚，詩人夜深久立，霜繁露重，望月思鄉，想像故鄉的月色一定更加清麗明朗。這種幻中之感更加突出他濃重的鄉情。

頸聯：「有弟皆分散，無家問死生。」在前兩聯寫「月夜」的基礎上，緊扣題目，寫「憶舍弟」。由上聯的「思鄉」過渡到這聯的「憶弟」，十分自然貼切。

杜甫兄弟五人，他居長，四個弟弟名穎、觀、豐、占。此時杜甫身邊只有小弟杜占，其餘三個分散在河南、山東，正是戰亂之區，故說兄弟分散，天各一方。家已不存，生死難料，令人傷心斷腸，此聯概括了安史之亂中廣大人民飽經憂患、骨肉分離的痛苦遭遇。

尾聯：「寄書長不達，況乃未休兵。」緊承上聯「憶弟」，進一步抒寫內心憂慮之情。兄弟離散，寄書常常不達，何況現在戰事頻仍，生死茫茫，更難有骨肉消息。既是寫深沉的「憶」，更是對「未休兵」的「憤」！

何日君再來

春怨

——金昌緒

打起黃鶯兒，莫教枝上啼。
啼時驚妾夢，不得到遼西。

譯文注釋

把黃鶯打跑了，不讓牠在樹枝上亂叫，吵醒我的夢，使我不能到遼西和我那駐守遼西的丈夫見面。

背景故事

唐朝民間流傳著這樣一段故事：

在一個小山村裡，住著一戶人家：老太太、年輕的夫婦倆和一個三歲的小男孩。男的每天日出而作，日落而歸，在田裡耕作，老太太和兒媳婦在家裡紡線織布。

就這樣一年到頭，除了交給官府的各種苛捐雜稅，也只能勉強度日。這一天，官府派人到村子裡徵兵，男人被徵召去了遼西（現遼寧西部）。

一年過去了，老太太天天盼著兒子早日回來，媳婦盼著丈夫，孩子也天天嚷著要爸爸，可是遼西那邊卻一點消息也沒有。她們天天為他擔心，日日為他祈禱，盼望著他平安無事，早些歸來。

又是一年過去了，春天的暖風又吹綠了山村，勤勞的人們又開始了一年的耕作。

這天，媳婦在田裡勞動了一上午，中午拖著疲憊的身子回到家裡，望著滿頭銀髮的婆婆正坐在凳子上吃力地紡著線，便走過去心酸地說：

「娘，您去歇會兒吧！帶上孩子進屋睡上一覺，待會兒我去摘些青菜，家裡還有點米，我們煮菜粥來吃。」

婆婆抱著小孫子進屋休息去了，她坐在紡線凳上，望著東方天際，一朵朵白雲飄蕩在湛藍的空中，幾隻可愛的黃鶯在嘰嘰喳喳唱著動聽的歌。春風吹來，帶著泥土的清香……

眼前出現了一片曠野，一陣大風吹過，捲起了沙漠上的塵土，幾棵枯朽的老樹上有幾隻烏鴉發出悲淒的叫聲。

前面隱隱約約走來一隊人馬，走在前面的披堅執銳，威風凜凜。那不正是自己的丈夫嗎？她認出來是他！便不顧一切地衝了過去……

丈夫跳下馬迎了過來，問她：「妳怎麼到這個地方來了，路途這麼遙遠，妳是怎麼過來的？」

她告訴他：「我很想念你，家裡生活得很苦，娘和孩子都盼望你回去。」

丈夫說：「好！我馬上回去，妳再等幾天，打完這仗，我們一道返回家園……」

這時幾隻烏鴉又飛了過來，大聲叫著。

她睜開雙眼，丈夫不見了，前面的一隊人馬也消失了，烏鴉變成了黃鶯落在樹枝上叫個不停。她很生氣地撿起一塊石子向牠們丟去，幾隻黃鶯驚叫著撲撲地飛走了，她又回到凳子上想接續剛才的夢，可是卻怎麼也睡不著了。

這個故事流傳很廣。唐朝詩人金昌緒根據傳說中的故事，以生動活潑的語言，鮮明的民間語言色彩，寫下了這首《春怨》詩。

詩的首句似乎給人們留下一個懸念，黃鶯是討人歡喜的鳥。而詩中的女主角為什麼卻要「打起黃鶯兒」呢？人們看了這句詩，不能不產生疑問，不能不急於從下句尋求答案。第二句詩果然對第一句作了解釋，使人們知道，原來「打起黃鶯兒」的目的是「莫教枝上啼」。但鳥語與花香本都是春天的美好事物，而在鳥語中，黃鶯的啼聲又是特別清脆動聽的。人們不禁還要追問：又為什麼不讓鶯啼呢？第三句詩說明了「莫教啼」的原因是怕「啼時驚妾夢」。但人們仍不會滿足於這一解釋，詩中的女主角為什麼這樣怕驚醒她的夢呢？她做的是什麼夢呢？最後一句詩的答覆是：這位詩中人怕驚破的不是一般的夢，而是去遼西的夢，是唯恐夢中「不得到遼西」。

到此，讀者才知道，這首詩原來採用的是層層倒敘的手法。本是為怕驚夢而不教鶯啼，為了不教鶯啼而要把鶯打起，而詩人卻倒過來寫，最後才揭開了謎底，說出了答案。但是，這最後的答案仍然含義未伸。

這裡，還留下了一連串問號，例如：一位閨中少婦為什麼做到遼西的夢？她有什麼親人在遼西？此人為什麼離鄉背井，遠去遼西？這首詩的題目是《春怨》，詩中人到底怨的是什麼？難道怨的只是黃鶯，只怨鶯啼驚破了她的夢嗎？這些，不必一一說破，而又可以不言而喻，不妨留待讀者去想像、去思索。

這樣，這首小詩就不僅在篇內見曲折，而且還在篇外見深度了。看上去，它只是一首抒寫兒女之情的小詩，但卻深刻地反映了當時唐王朝的戰爭和兵役給人民帶來的災難。

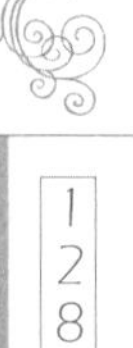

被權力慾望沖淡的母子情

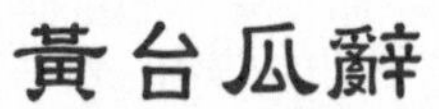

黃台瓜辭

——李賢

種瓜黃台下，瓜熟子離離。

一摘使瓜好，再摘使瓜稀。

三摘尚自可，摘絕抱蔓歸。

譯文注釋

母親身邊的兒子們都長大了，摘掉一個瓜，也就是殺了大兒子，其餘的孩子們就有所警惕，小心為官，不至於再犯錯誤。但是再摘一個的話，兄弟便稀少得可憐，國事也沒人幫助了。如果再摘一個呢，那剩下的就太少了，若真是這樣也只好忍受。就怕母親太不近情理，想要趕盡殺絕，要知道，殺光了兒子您就是孤零零一個人，成了真正的孤家寡人了。

背景故事

中國歷史上唯一的女皇帝武則天，是一位很有才幹和遠見卓識的政治家，但同時她的心腸也十分狠毒可怕。她在十四歲時因為美貌被選入後宮，封為才人。因為她的手段高明，唐太宗的兒子唐高宗李治在做太子的時候，就和她有了私情。

李治即位後，將武則天召入宮中，封為昭儀。但是武則天一直都不滿足，她想做皇后，而且為此不惜付出任何代價。據說為了爭奪皇后的地位，宮中發生了這樣的事件。

有一天，王皇后來武則天的房間看望她，並且逗弄了一會兒她剛生下不久的女兒。王皇后走了以後，武則天狠著心腸，將自己的親生女兒掐死在被中。然後放聲大哭，招來許多人，皇帝也來了，問起伺候的下人，都說除王皇后外沒人來過，高宗因此非常憎恨王皇后，覺得她心腸太狠毒了，就把她的后位廢了。就這樣武則天如願以償，當上了皇后。

唐高宗最初立李忠為太子，待到武則天生下李弘之後，便廢了李忠，另立李弘為太子。李弘雖然是武后親生的兒子，對武后卻不那麼言聽計從，好多次都沒照武后說的話去辦。狠心的武則天便用毒酒將她這個親生兒子殺死，接著又立她的二兒子李賢為太子。

李賢處理行政事務，很精明強幹，有能力，又有聲望，人們叫他章懷太子。武則天一心想獨攬大權，又開始嫉恨李賢了。而李賢看到自己的兄長李忠、李弘的下場，感到總有一天也會落得個悲慘的結局，便作了一首《黃台瓜辭》，命令樂工排練後在宮中演唱，希望武則天聽了以後會有所感

動，不會再對自己的兒子下毒手。李賢把自己弟兄幾個比做黃瓜，摘了一個，可能會使別的瓜長得好些；再摘一個，瓜就稀少了；摘了三個，也還有別的瓜；但要是把黃瓜全摘光，種瓜的人最後只能收穫一堆瓜秧子了。他希望武則天良心發現，念骨肉之情，不要一而再、再而三地迫害自己的親人，把他們斬盡「摘絕」。

但是，這樣用意明顯的詩歌，仍然打動不了權慾薰心的武則天。武則天是個寧可「抱蔓歸」，也要把瓜「摘絕」的人。她根本不顧骨肉之情。唐高宗永隆元年（西元680年），李賢被貶為庶人，帶著妻兒到四川居住，四年以後，武則天仍然派人逼迫他們自殺，李賢死的時候，才三十四歲。直到武則天死後第二年，李賢的弟弟唐中宗才下令將李賢的靈柩遷到陝西，陪葬乾陵。

武則天的第三個兒子李哲和第四個兒子李旦，都是昏庸和膽小怕事的人，武則天覺得他們容易控制，正因為這樣，他們才得以保全性命。

李賢被廢後，武則天立李哲為太子，西元683年唐高宗死，李哲即位，這就是唐中宗。不到一年，武則天廢他為盧陵王，立第四子李旦為皇帝，即唐睿宗。實際上這時的皇帝是處於軟禁狀態，政權都被武則天所掌控。

終於在西元690年，武則天親自登上皇帝寶座，將國號由唐改為周。直到西元705年在她八十二歲的時候，宰相張柬之發動政變，擁唐中宗復位，恢復國號為唐。

其實，在治理國家方面武則天是很有才幹的。她善於選拔人才，並委以重任，同時也能聽進勸告。在她當政期間，徐敬業等人起兵造反，著名詩人駱賓王還寫了一篇著名的《討武檄》。

傳說武則天正好得了感冒臥床休息，聽了這篇檄文後，驚出一身冷汗，病頓時好了。她不但沒有因為檄文中痛罵她的詞句生氣，反而拍案激賞文章寫得好，說有這樣文才的人讓他流落民間，是宰相的過錯。可見女皇帝的胸襟氣度也是無人能比的。

整體說來，在武則天統治的時代，唐王朝的政治、經濟、文化等，都在繼續向前發展，人民也還能夠安居樂業。她死後，宮廷鬥爭殘酷複雜，經後來兩次政變之後，玄宗也就是李隆基即位。他年輕有為，任用賢才，勵精圖治，才把唐朝帶到了興盛的頂點——開元盛世。

悲情篇

人生不如意者十常八九，
有仕途的失敗，也有人生的無奈，
更多的是不滿現狀卻又無能
為力的憂愁和悲哀：天才少年王勃、李賀英年早逝；
徒有報國之志的李白、杜甫抑鬱終生也沒有受到重
用；還有孟浩然，因為一句無意寫成的詩句
得罪了皇帝，從此與仕途徹底絕緣，
不得已過著了隱居田園的生活……
這些種種的遺憾在
詩人們的筆下化作了
一曲曲悲歌。

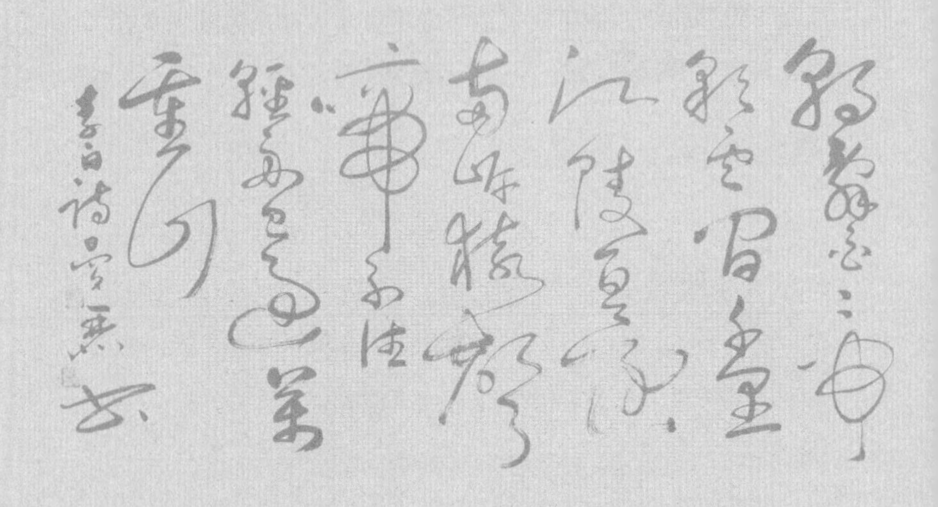

英年早逝的天才少年

送杜少府之任蜀州

——王勃

城闕輔三秦，風煙望五津。

與君離別意，同是宦遊人。

海內存知己，天涯若比鄰。

無爲在歧路，兒女共沾巾。

注釋

- 城闕：指唐代都城長安。
- 輔：護衛。
- 三秦：泛指當時長安附近的關中之地。古為秦國，秦亡後，項羽分其地為雍、塞、翟三州，故稱三秦。

譯文注釋

三秦拱衛著雄偉的長安城，透過遼闊的風光遙遙望見五津。你我都是遠遊四方以求進仕的宦遊人，分別時我們都懷著離情別意。四海之內只要我們把朋友放在心間，哪怕相隔天涯也如近鄰。不要在岔路口分手之處，像少男少女一樣淚濕佩巾。

王勃在少年時就顯露出了出眾的才華，六歲能寫詩作文，十五歲時應舉及第，被譽為神童，授了官職。

那時，貴族高官盛行鬥雞，許多閒得無聊的王爺們把這當成了生活的一部分。鬥雞有輸有贏，贏了就高興萬分，到處吹噓自己；輸了就恨天怨地，總想乘機報復，由此便生出許多是非來。

王勃年少氣盛，有一次替某王爺寫了一篇檄文，聲討另一王爺的鬥雞。這本是開玩笑的事，被唐高宗知道後卻當了真，認為王勃是在挑撥諸王，造成不和，當即勃然大怒，革了他的職。此後，王勃也曾做過幾任小官，但都因故被革職。

約在王勃二十五歲時，為了到海南探望做官的父親，路過南昌滕王閣。那天正是重陽節，秋高氣爽，都督閻伯嶼在閣上大宴賓客，主要是準備借機顯耀他女婿的文才。

閻都督在席上假請眾位賓客寫文，大家心裡明白，都推辭了，好讓這位女婿把事先準備好的文章抄寫出來。唯有王勃這個不速之客，竟然接過紙筆便寫了一篇《滕王閣序》，文中佳句疊出，美不勝收。後來王勃渡海時不慎落水，一代詩人便這樣去世了。

王勃的詩，絕不輸於他的文章。

有一次，他在京都長安，送一位姓杜的朋友到蜀地（今四川省）任縣尉時，他舉目看到長安城被遼闊的三秦地區拱衛著，偏僻的蜀地在風煙迷蒙中望也望不清。這跟朋友分別，境況同是一樣，大家都離鄉背井在官場中沉浮。於是揮筆立就《送杜少府之任蜀州》詩：

首聯中的「城闕輔三秦」是一個倒裝的句式，其實是「三秦輔城闕」，指長安的城垣宮闕都被三秦之地護衛著。這一句一掃以往送別詩常有的蕭索黯淡之象，起筆雄偉。下句「風煙望五津」。

五津指的是四川境內長江的五個渡口，泛指蜀川。這裡詩人用一個「望」字跨越時空，將相隔千里的兩地連在一起。「風煙」在此起了渲染離別氣氛的作用，從而引出下句。

頷聯「與君離別意，同是宦遊人」，這是詩人在直抒胸臆。詩人並沒有接著敘寫離情別緒，而是筆鋒一轉，轉而說你我都是遠離故土的宦遊之人，彼此間應該都能體會這種心情吧！也許是思緒太多，也許是無從說起，詩人在此有意略去了對眾多思緒的敘寫，而留下一片空白讓讀者去填補，增加了無限想像的空間。

離別總是傷感的，但詩人並未停留於傷感之中，頸聯筆鋒一蕩，意境又開闊了起來：「海內存知己，天涯若比鄰。」強調友人間重在知心，天涯相隔也會像是相鄰一樣。這句使友情昇華到一種更高的美學境界，早已成為千古名句。

尾聯緊跟前三聯，以勸慰杜少府作結。「無為在歧路，兒女共沾巾。」送別常常在分岔路口分手，「歧路」又一次照應送別之意。這句是詩人在即將分手之時勸慰杜少府之語：不要在分手之時抹眼淚了，像小兒女一般，只要心心相印，即使是遠在天涯，不也像近在咫尺一般嗎？

 懷才不遇的感傷

夜泊牛渚懷古

——李白

牛渚西江夜，青天無片雲。
登舟望秋月，空憶謝將軍。
余亦能高詠，斯人不可聞。
明朝掛帆席，楓葉落紛紛。

- 西江：大約指南京至今江西一段長江為西江，牛渚也在西江這一段中。
- 謝將軍：東晉謝尚，今河南太康縣人，官鎮西將軍，鎮守牛渚時，秋夜泛舟賞月，適袁宏在客船中誦自己作的《詠史》詩，音辭都很好，遂大加讚賞，邀其前來，談到天明。

這首詩的意思是：牛渚山下的西江夜（從南京到江西的

一段長江，古代稱西江），碧靜的天空沒有一絲雲彩，登上船想觀賞一下秋月，忽然想起了東晉「謝尚聞袁宏詠史」這個故事，儘管自己也同當年的袁宏那樣有才華，而像謝尚那樣的人物卻不能再遇見了。明天，楓葉紛紛飄落，將伴隨著一葉寂寞的孤舟離開這裡。

背景故事

詩人李白，在一年的秋天乘船在長江遊覽，到了安徽省當塗縣西北的牛渚山時，天色漸漸暗了下來，他只好停泊下來在此過夜。

夜色斑斕，長江水面上五光十色。李白來到了船上眺望夜空，眼前一片碧水藍天，萬里無雲，腳下長江水浩浩東流。此時李白思緒萬千，這裡不正是當年「謝尚聞袁宏詠史」的地方嗎？

據史料記載：

二百多年前的東晉時期，有一位叫謝尚的鎮西將軍鎮守在牛渚山一帶。這一天傍晚，謝將軍酒後來到牛渚山下的江岸，登上船迎著秋風賞月。

這時，遠處來了一隊運糧的船隊，船上的燈像點點繁星飄散在江面。船隊慢慢地漂泊過來，忽然謝將軍耳邊傳來了朗朗的讀書聲，詠頌的是西漢初年陸賈勸陳平、周勃和睦相處，團結一致，從而平定呂氏叛亂的史事。

謝將軍感到很奇怪，運糧的船上都是些靠出苦力吃飯的

窮人，怎麼會有人能吟出這樣的好文章呢？於是他忙令侍衛去問個明白。

侍衛回來報告說：「讀書人是船上的小搬運工，名字叫袁宏，因為父母雙亡，家境貧寒，只好靠在船上運送糧食生活。」謝尚馬上令侍衛把他叫來。

不多時，一個衣衫破舊，但非常英俊的少年郎來到了謝尚面前，謝將軍問他方才讀的是什麼書，他回答說：「是自己寫的《詠史》詩。」

謝將軍非常驚訝，一個貧窮無依無靠的少年，能這樣刻苦讀書，而且還能寫出這樣的好文章，真是難能可貴。

於是兩人談論詩文，說古道今，很高興地促膝長談。謝尚發現袁宏知識淵博，很欣賞他的才華，兩個人一直談到第二天天明。

謝尚這個朝廷大將，不嫌袁宏是個貧苦的農家孩子，很願意同他交往，袁宏也很欽佩謝將軍為人的坦誠，兩個人此後便經常在一起談古論今，成了好朋友。謝尚經常幫助袁宏，並到處推薦宣傳這個有志青年的才華，使他聲名大振，後來成了東晉著名的文學家和史學家。

李白觸景生情，心潮翻滾，思緒萬千。從眼前的牛渚山秋夜景色聯想到往古，又從往古回到現實的今天，然後回房提筆寫下了這首《夜泊牛渚懷古》詩。

這是一首抒發不遇知音之傷感的沈鬱悲憤的詩作。首聯開門見山點明「牛渚夜泊」及其夜景：秋天月夜，舟泊牛渚，自然而然地想起同樣秋月舟中，袁宏見知於謝尚的故事。詩人將寥廓空明的天宇和浩渺蒼茫的西江在夜色中融為一體，渲染環境氣氛。

頷聯由望月過渡到懷古，揭示主題。同是牛渚之地，同樣是這輪明月之下，袁宏因吟誦自己作的詠史詩而遇到謝尚時來運轉，但自己遊西江，秋月依舊，那位獎掖人才的謝尚卻再也見不到了，所以只能「空憶謝將軍」。

頸聯由懷古回到現實，發出感慨：自己雖然亦能高詠，卻不能像袁宏一樣遇到知音，政治理想也只能像這西江之水，付諸東流了。尾聯宕開寫景，想像明朝掛帆遠去時秋風蕭瑟，兩岸楓葉紛紛飄落的情景，烘托不遇知音之淒涼寂寞。惆悵之情，不可名狀。

本詩寫景清新雋永而不加粉飾，即景生情，景中寓情，江上楓葉紛紛飄落的蕭瑟畫面，融進了詩人多少的辛酸和感慨。

舉杯消愁愁更愁

宣州謝朓樓餞別校書叔雲 ——李白

棄我去者，昨日之日不可留。

亂我心者，今日之日多煩憂。

長風萬里送秋雁，對此可以酣高樓。

蓬萊文章建安骨，中間小謝又清發。

俱懷逸興壯思飛，欲上青天攬明月。

抽刀斷水水更流，舉杯消愁愁更愁。

人生在世不稱意，明朝散髮弄扁舟。

注　釋

- 謝朓樓：南齊詩人謝朓做宣城太守時所建，又稱謝公樓、北樓，唐末改名疊嶂樓。校書叔雲：李雲曾為祕書省校書郎，唐人同姓者常相互攀連親戚，李雲當較李白長一輩，但不一定是近親。
- 蓬萊：漢時稱中央政府的著述藏書處東觀為道家蓬萊山，唐人用以代指祕書省。建安骨：漢獻帝建安時

代的詩文慷慨多氣，史稱建安風骨。這一句是指李雲。

- 小謝：即謝朓，與其先輩謝靈運分稱大、小謝。
- 散髮弄扁舟：指避世隱居。散髮就是髮不整束，解冠歸隱。
- 扁舟：小船。弄扁舟喻避世隱遁。

譯文注釋

過去的歲月棄我而去，不能挽留，現在的時日擾亂著我的心，使我有許多煩憂。萬里長風吹送著秋雁，面對這美好的秋景，我酣飲在這高樓。建安時期的詩文是最美好的文化，六朝的謝朓詩文清新俊秀。他們的詩文洋溢著超遠的興致和剛健的感情，就如登上青天採摘明月。我抽出寶劍欲斬斷流水，流水卻更加向前奔流。我舉起酒杯欲澆滅憂愁，憂愁不滅卻更加煩愁。我在這人世間多不如意，明天披頭散髮去駕小舟歸隱。

背景故事

大詩人李白不論在什麼處境下，都與酒結下了不解之緣，高興時借酒助興，失意時借酒澆愁。

李白在長安時，留下了不少軼事。他被唐玄宗封為翰林供奉後，無非是寫寫文告，以文學詞章為君王點綴點綴，平時沒有什麼公務，為了排愁解悶，他經常與賀知章等一些朋

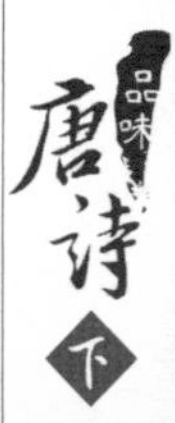

友出去飲酒吟詩。

有一天，宮中牡丹盛開，唐玄宗和楊貴妃在沉香亭前賞花，並命李龜年帶領十六名水準最高的梨園弟子奏樂唱歌。樂師們各執樂器，正準備演奏，唐玄宗說：「對著美麗的牡丹，漂亮的貴妃，怎麼能唱舊歌詞呢？還是把李白請來，讓他填新詞吧！」

李龜年不敢怠慢，帶了幾個內侍，匆匆趕到翰林院，可翰林院人說：「李白一大早就出去喝酒了！」李龜年找遍了長安街上有名的酒樓，終於找到了李白。這時，李白已喝得酩酊大醉。

李龜年走上前去，大聲宣誦：「奉皇上旨意，宣李學士立刻去沉香亭見駕！」

李白微睜醉眼，半理不睬，口中念念有詞：「我醉欲眠卿且去！」說完，便睡著了。

李龜年無奈，只好叫隨從們七手八腳把李白抬下樓，扶上馬背，送到沉香亭前。

唐玄宗看到李白醉得像一堆爛泥，便命人在地上鋪了一塊毛毯，讓李白睡在上面，並親自用袖子擦去李白口角的涎水，又吩咐端來醒酒湯，讓李白喝下。楊貴妃說：「我聽說冷水噴臉可以解酒。」於是，當時著名的歌唱家念奴含了一口水，噴到李白臉上，李白才從醉夢中驚醒。

唐玄宗、楊貴妃、李白等人來到牡丹花前，李白臉露笑容，一揮而就，寫下了三首著名的《清平調》。

唐玄宗看歌詞美麗流暢，稱讚不已，立即叫李龜年配曲演唱。唐玄宗也情不自禁，拿起玉笛，倚聲伴奏。

後來，高力士以這三首《清平調》誣陷李白，李白因此得不到重用，被放歸山。

詩人從自己被放歸山的遭遇中，看到了唐王朝的日益腐敗，自己的抱負不能施展，理想難以實現，心中十分苦悶。天寶十二年（西元753年）秋，李白遊宣城，餞別族叔李雲，在《宣州謝朓樓餞別校書叔雲》詩中一吐鬱悶。

全詩以唱歎起調，感慨去日苦多，今日愁悶。因餞別友人，他秋日登上高樓，望長風飛雁，俯仰身世，感慨萬端，於是對酒放歌。在這裡，詩人的煩憂不是惜別，而是懷才不遇。接下來「蓬萊」二句，從謝朓樓聯想到漢魏六朝的著名詩人，用以暗喻叔雲和自己以及在座諸人的才學和抱負。他稱讚校書叔雲的文章老成，得兩漢蓬萊之風，切建安風骨；又說自己則如建此樓的謝朓，詩文剛健清新，兩人都有壯志逸興，可共上青天攬取明月。

至此，先前的煩憂在這想像中似已煙消雲散。但是，這逸興來去皆匆匆，愁思又猛然襲來，詩人以「抽刀斷水水更流」起興，抒寫自己「舉杯消愁愁更愁」的情懷，說明「酣高樓」反而讓心中的煩愁更加深重了，不禁發出了「人生在世不稱意」的感慨。這個「不稱意」又對應了起首句的去日之苦和今日之煩憂，由此詩人便自自然然地有了解冠泛舟，欲與世決絕，從此浪跡江湖歸隱江湖的慨歎。

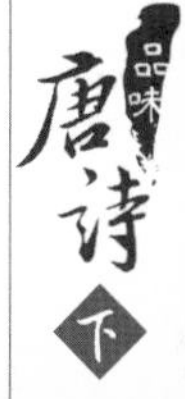

貧女與寒士

貧女

——秦韜玉

蓬門未識綺羅香，擬託良媒亦自傷。

誰愛風流高格調，共憐時世儉梳妝。

敢將十指誇針巧，不把雙眉鬥畫長。

苦恨年年壓金線，爲他人作嫁衣裳。

注釋

- 蓬門：蓬草編的門。指貧苦人家。
- 鬥：比，炫耀。
- 壓金線：指刺繡。

譯文注釋

我出生在貧苦人家，從未有華麗的衣服打扮梳妝，想請媒人說親出嫁，只因貧窮婚事難成，心裡更加悲傷。有誰能賞識貧女的儀態風采和高尚品格？共憐時世艱難而儉樸的妝扮。我敢誇讚自己的雙手做出的針線活精細秀巧，不與別人爭奇鬥艷把雙眉畫得細長。最可恨的是年年不停地刺繡做針線，替別人家的女兒縫製出嫁的衣裳。

背景故事

秦韜玉，字仲明，京兆人。中和二年，得准敕及第。其詩皆是七言，構思奇巧，語言清雅，意境渾然，多有佳句，藝術成就很高。代表作有《貧女》、《長安書懷》、《檜樹》、《題竹》、《對花》、《八月十五日夜同衛諫議看月》、《邊將》、《織錦婦》、《釣翁》、《天街》、《豪家》、《陳宮》、《燕子》、《仙掌》、《獨坐吟》、《詠手》、《春遊》等，其中以《貧女》一詩流傳最廣、十分著名。韜玉著有《投知小錄》三卷，今編詩一卷（全唐詩下卷第六百七十）。

秦韜玉早年屢試不第，後來，依附有權有勢的宦官田令孜，由田令孜提拔，不到一年，官到丞郎、為保大軍（今陝西延安一帶）節度使幕下的判官。唐僖宗避難入蜀，他也隨駕同行。

中和二年（西元882年）禮部侍郎歸仁紹主試，唐僖宗特下敕命，賜秦韜玉進士及第，並命禮部把秦韜玉列入及第進士二十四人名額內一起安排官職。後來，田令孜推薦他為工部侍郎。

雖然他依靠宦官，官運亨通。但他在當幕僚時，以自己的文才替人家點綴門面，心裡未免感到委屈和悲涼，為了寄

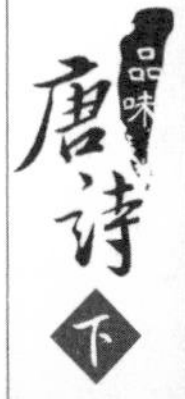

託他內美修能、孤芳自賞的情趣，也為了流露自己屈沉下僚、不為世用的苦悶哀怨，於是寫了《貧女》詩。

這是秦韜玉最有名的一首詩。它透過對一個出身低賤，但品格高尚的貧女的描寫，表現了作者對不公平的社會現實的憤慨。同時也反映了作者像貧女一樣才能出眾，但卻在現實中沒有出頭之日的懷才不遇之情。

「蓬門未識綺羅香，擬託良媒亦自傷。」這位女子出身貧賤，從來沒有穿過豪華美麗的衣服。她知道現實社會的嫌貧愛富，因此，她本來想打破傳統的思想方式，自己託個媒人找個好的歸宿，但她知道，在這樣的現實社會面前只能是自取其辱，因而她只能暗自傷心。她為什麼這樣呢？

下面兩句說得很清楚：「誰愛風流高格調，共憐時世儉梳妝。」沒有人喜愛高尚的風格和情調，人們只知道追逐時髦的梳妝打扮和奇裝異服，這裡的「時世儉梳妝」即時世梳妝，是當時流行於上流社會的一種梳妝。

作者將「風流高格調」與「時世儉梳妝」對舉，更顯示了貧女的情趣之高。當然，這既是寫貧女，也是在寫自己，表現了自己不同流合污，出污泥而不染的高尚品格，並為這種高貴品格不為世人所識而悲傷。

「敢將十指誇針巧，不把雙眉鬥畫長」，這是更進一步描寫貧女的才能和品性，也是暗喻作者自己才能的不同凡響。意思是說貧女以勤勞能幹為能，不屑於同別人在梳妝打扮上競爭，這當然也是作者自己的寫照。

「苦恨年年壓金線，為他人作嫁衣裳」，這是貧女對自己不幸遭遇的慨歎，也是作者對自己的境遇的感喟。意思是說年年以靈巧的雙手為他人製作華麗的嫁妝，自己卻不能享受，已因貧窮耽誤了青春。成語「為人作嫁」源於此，古今廣為沿用。

這首詩句句是在寫貧女，也是句句在寫自己，貧女的形象與寒士的形象融為一體，這是本詩的高明之處。

戰爭帶來的災難

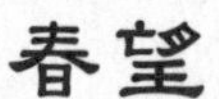

——杜甫

國破山河在，城春草木深。

感時花濺淚，恨別鳥驚心。

烽火連三月，家書抵萬金。

白頭搔更短，渾欲不勝簪。

注釋

- 國破：唐玄宗天寶十五年（西元756年）六月，安祿山、史思明叛軍攻下唐都長安。
- 感時：感歎時事。
- 恨別：怨恨與家人離別很久的社會現狀。
- 連三月：連續三個月，或言其久。
- 抵：值。
- 渾欲：簡直要。

譯文注釋

國都淪陷，城池殘破，雖然山河依舊，可是雜草遍地，林木蒼蒼，一片淒涼的景象。看到這連年戰亂給人們帶來的災難，怎能不讓人加倍思念家裡的親人，怎能不為這悲慘的景象而傷心落淚？就連鳥兒唧唧吱吱的叫聲聽後都叫人膽戰心驚！戰火連續燃燒了幾個春秋。家人至今沒有音訊，如果現在能收到一封來信，那真能值萬兩黃金，然而這個願望是不可能實現的。詩人無可奈何，抬手抓了抓自己頭上的白髮，覺得白頭髮也越來越稀疏，已經差不多快插不上簪子了。

背景故事

唐朝天寶十四年（西元755年），安祿山勾結史思明在范陽起兵，發動叛亂。

第二年六月，安史叛軍攻下了軍事重地潼關，唐玄宗倉皇逃到四川。七月，唐肅宗在靈武即位。這時，逃難中的杜甫把家安頓在鄜州的羌村，準備去投奔唐肅宗李亨，他獨自一人向靈武前進。

這天，他正隨逃難的百姓匆忙趕路，一隊叛軍迎面趕來，也不知道叛軍們是懷疑他們當中有唐朝的密探，還是要補充軍隊，就把他們統統都抓了起來，並押往叛軍的一個營地，逐個進行審問。

杜甫被帶到一個叛軍頭目的住處。小頭目打量杜甫一番

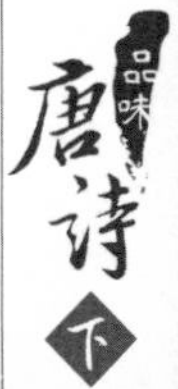

厲聲問道：「你在當朝做過什麼官？是什麼人派你到這裡來的？」

杜甫回答道：「我不是什麼官，只不過是個普通的老百姓，是個讀書人，沒有考中進士。」

小頭目又問了杜甫的籍貫姓名等情況，看他衣衫破舊，老弱衰朽（這年杜甫才四十多歲，看上去卻像五、六十歲），不能留在兵營充軍打仗，便把他攆出了營地。

杜甫回到了自己的住處，每天出去找這裡的老朋友，想聯合他們去靈武投奔唐肅宗，可戰亂連年，人們飄遊不定，這些老朋友也不知都逃到了何處。

他打算一個人逃離長安，又發現京城的周圍都被叛軍團團圍住，只好暫時住了下來。

轉眼春天便來了。這天杜甫終於有機會逃了出來，他望見戰亂後的長安城殘破不堪，四周都是荒蕪的蒿草，聽到的是鳥兒的悲鳴，更引起他的思鄉之情，觸景生情，寫下了這首五言律詩《春望》。

首聯：「國破山河在，城春草木深。」寫「春望」所見：國都淪陷，城池殘破，雖然山河依舊，春色滿城，但草木深深，無人修葺，一片荒敗景象。一個「破」字寫盡國破家恨的悲哀；一個「深」字再現荒無人跡的淒涼。

在「國破」與「山河在」、「城春」與「草木深」的對照中，充滿了傷國感時的悲痛。

頷聯：「感時花濺淚，恨別鳥驚心。」寫離亂之感。春天的花、鳥本是娛人之物，但想到國破的時事，家離的悲哀，花也為之「濺淚」，鳥也為之「驚心」，自己更加傷懷落淚了！這是觸景生情，移情於花鳥，情景交融悲痛欲絕的境界。

頸聯：「烽火連三月，家書抵萬金。」寫想望家人。自天寶十五年（西元756年）六月，杜甫帶著妻子逃到鄜州（今陝西富縣），寄居羌村到次年三月作此詩時，他離家已半年多，家書渺茫，音訊全無。所以，他慨歎在這烽煙不斷的戰亂時期，一封家信真是勝過「萬金」啊！

這聯的「烽火」與首聯的「國破」，「抵萬金」與頷聯的「恨別」相照應，層層深化悲憤之感。

尾聯：「白頭搔更短，渾欲不勝簪。」具體寫搔頭憂思的慘戚之狀。眼看烽火遍地，家書不通，憂國思家，重重愁緒襲上心頭，愁生白髮，一「搔」便斷，髮「短」愁長，簡直要插不住簪子了！「國破」、「恨別」之憂思，更添一層！全詩憂傷國事，眷念家人，殷殷情切，真摯感人。

後來杜甫找到了大雲經寺的和尚贊會，贊會給了他一套僧服穿在身上，領著他隨人流混出了城外，這樣，杜甫才得以脫身西行。

抑鬱不得志的無奈

臨洞庭上張丞相

——孟浩然

八月湖水平，涵虛混太清。

氣蒸雲夢澤，波撼岳陽城。

欲濟無舟楫，端居恥聖明。

坐觀垂釣者，徒有羨魚情。

注釋

- 張丞相：張九齡，唐玄宗開元二十一年（西元733年），張九齡為相，孟浩然曾西遊長安，用這首詩贈張九齡，希望得到引薦，表達了詩人從政的熱情。
- 涵虛：包含天空，指天倒映在水中。
- 混太清：與天混成一體。
- 氣蒸雲夢澤：意謂近處都在水氣籠罩之中。「雲夢澤」是現在的湖北南部、湖南北部一帶低窪地的總稱。
- 端居：隱居。

• 垂釣者、羨魚情：《淮南子・說林訓》：「臨河而羨魚，不若歸家織網。」這裡暗示無人援引，徒有從政的願望而已。

譯文注釋

八月的洞庭湖水漲得滿滿的，和岸上幾乎相連，水和天已混成一體，水氣籠罩著整個雲夢澤（湖的一部分），浪波撼動了湖岸邊的岳陽城。面對煙波浩淼的湖面，真想渡過去，如果一直過著隱居的生活，那可太對不起這個時代了。當我看到湖面垂釣的人，真羨慕他能釣到魚的心情，但這也是一場空想。

背景故事

著名詩人孟浩然遊歷京都長安，並參加了進士應試。在當朝官吏王維官衙內巧遇皇帝唐玄宗，因為給皇上吟誦了一首《歲暮歸南山》詩，觸怒了皇帝，被放回南山。他回歸故鄉，隱居南山破舊的茅草屋內，寫下了許多不朽的流傳千古的著名詩篇。

唐玄宗開元二十一年（西元733年），孟浩然再度西遊長安，並帶去一首詩贈給了當時在位的宰相張九齡，這首詩是他遊覽洞庭湖時寫下的。

那是在盛夏時節，洞庭湖水漲船高，一片濃霧籠罩湖面。孟浩然站立船頭望著這朦朧景色，浮想聯翩。當今的朝

廷正像這洞庭湖水，不是清澈見底，而是被一層霧遮掩著。當年的王維和多次引見他入朝做官的宰相張九齡都在這霧氣朦朦的湖面上時隱時現，他很想見到他們，訴說一下這幾年來鬱積在心中的沉悶。

本詩前半部是泛寫洞庭湖景色的遼闊，開篇寫秋水盛漲，八月的洞庭湖水天一色，洞庭湖和天空遙遙相連。洞庭湖極寬廣極涵渾，汪洋浩闊，與天相接，潤澤著千花萬樹，容納了大大小小的河流。

「氣蒸雲夢澤，波撼岳陽城」是詠洞庭湖的名句。寫出了湖的豐厚的蓄積，彷彿廣大的沼澤地帶都受到湖的滋養哺育，才顯得那樣草木繁茂，鬱鬱蔥蔥。「波撼」兩字放在「岳陽城」上，襯托湖的澎湃動盪，也極為有力。

後半部是即景生情，所謂「欲濟無舟楫」，是用來比喻希望丞相的引薦。詩人面對浩浩的湖水，想到自己還是在野之身，要找出路卻沒有人引薦，正如想渡過湖去卻沒有船隻一樣。「端居恥聖明」，是說這一個聖明的太平盛世，自己也不甘心閒居，要入世做番事業。這裡正式向張丞相表白心跡。接下來，「坐觀垂釣者，徒有羨魚情」一句，詩人巧妙地翻用了《淮南子‧說林訓》中的古語，亦實亦虛，深寓新意，不露痕跡地表達了希望追隨張丞相左右效力的願望。

後兩句的詩意是說，我有參政的想法，可找不到門路，希望能借助張丞相，不想使願望落空。

看罷這首詩，似乎和詩人當時在皇帝面前吟誦的那首

《歲暮歸南山》詩相互矛盾。但從孟浩然一生的經歷和他身邊的友人及當時的社會現狀來看，又不難理解。他想施展才華，報效國家，但又蔑視權勢，厭煩朝中的爾虞我詐；他想隱居南山，與世無爭，但看朋友們在朝中當官，又不想埋沒自己，所以此一時，彼一時，一生始終處於矛盾的心理狀態之中。

當年他在故園和朝中很有實權的採訪使韓朝宗相遇時，充分表現出了那種複雜矛盾的心理狀態。韓朝宗對他說：「你的才能應在晚年得到施展，這次請同我回長安尋官。」

孟浩然茫然地說：「我曾得罪過皇上，恐怕這輩子再也不能進京在朝中做官了。」

韓朝宗出主意：「你進宮拜見皇上，請求皇上恕罪，也許皇上能開恩，賜你官做。」

孟浩然當時答應了，並約好了進京的時間。可就在那一天，孟浩然的一位朋友來看望他，兩個人開懷暢飲，一醉方休。當時有人來催他：「先生約好同韓大人一同啟程進京，今天可是出發的日期。」

孟浩然卻不以為然地說：「今天喝酒喝的很高興，顧不上這些了。」

韓朝宗在約定的地方等不到孟浩然，非常生氣地說：「今生不同孟浩然談及進京做官一事！」

後來韓朝宗獨自返回了京城長安。孟浩然徹底失去了做官的機會。

詩人的痛苦

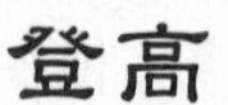

登高

——杜甫

風急天高猿嘯哀，渚清沙白鳥飛回。
無邊落木蕭蕭下，不盡長江滾滾來。
萬里悲秋常作客，百年多病獨登台。
艱難苦恨繁霜鬢，潦倒新停濁酒杯。

注釋

- 猿嘯哀：巫峽多猿，叫聲淒厲。
- 渚：水泊中的小洲。
- 萬里：遠離故土。
- 悲秋：悲歎秋之蕭瑟，令人感傷。
- 常作客：長期漂泊異鄉。
- 獨登台：獨自一人登高感懷。
- 繁霜鬢：頭上及兩鬢全是白髮。
- 潦倒：衰頹失意。
- 新停：詩人本來嗜酒，此時因肺病而停飲。
- 濁酒：劣酒。

譯文注釋

藍天在淒緊的秋風中顯得多麼高遠，猿聲嘯嘯，在山中顯得多麼悲哀。洲邊江水清清，白沙閃閃，群鳥在空中不停地盤旋。無邊無際的樹葉在秋風中紛紛落下，無窮無盡的長江波濤滾滾從遠方湧來。我常在萬里之外的異鄉漂泊，到了秋天更加愁思滿懷。一生中病魔纏身，今日我獨自登上高台。可恨艱難的時世令我兩鬢斑斑，窮愁潦倒中又不能再舉酒杯。

背景故事

夜深人靜，在一間破舊的茅屋中，有一位白髮蒼蒼的老人躺在床上，聽著屋外不時傳來的淒厲的軍號聲，心情悲涼，難以入眠。他就是年過半百、貧病交加的杜甫。

杜甫熬過了顛沛流離的戰亂生活之後，攜帶家眷來到四川，住在成都浣花溪草堂，在劍南節度使嚴武處擔任檢校工部員外郎，世稱「杜工部」。

杜甫是讀書人，他身穿軍服，很不自在，每天過著單調的軍營生活，也不習慣，但是為了養家糊口，他只能勉強維持著。一天，傳來了噩耗，他的好友嚴武突然過世了，他失聲痛哭，悲哀至極。

杜甫在成都失去了依靠，只好攜帶家眷，乘著小船，再次在長江上漂泊。

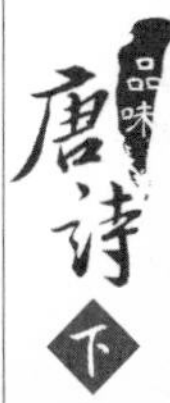

唐永泰元年（西元765年）五月，杜甫一家乘舟東下，向夔州進發。這時杜甫已年老體弱，百病纏身。古代民俗在農曆九月初九為登高節，大曆二年（西元767年）的九月初九，病中的杜甫獨自一人在夔州登高。他拄著手杖，拖著病體，慢慢地爬上山坡，氣喘吁吁地來到峽口。

陣陣大風吹來，他站立不穩，趕緊抓住身邊的一棵小樹。這時，遠處懸崖上猿猴在跳躍，不時傳來尖厲的哀鳴。他將視線由高處轉向江水洲渚，在水清沙白的背景上，點綴著迎風飛翔、不停地迴旋的鳥群。

杜甫時而仰望茫無邊際、蕭蕭而下的樹葉，時而俯視奔流不息、滾滾而來的江水，不由想到自己淪落他鄉、老病孤獨的處境，從而生出無限悲愁。他坐在一塊岩石上，喃喃地吟出了《登高》這首七言律詩。

首聯：「風急天高猿嘯哀，渚清沙白鳥飛回。」寥寥數語，便畫出了登高望遠所見的夔州地區獨特的深秋風貌。「風急」再現了三峽地區山高峽陡風急之勢，「天高」為秋高氣爽之態，「猿嘯哀」展現了三峽地區特色。接著，詩人的視線由高處轉向長江水面，只見「渚清沙白」，群群水鳥迎風飛翔，不住迴旋。這既是一幅精美的秋景，又透露了絲絲悲秋哀婉的意味。

頷聯：「無邊落木蕭蕭下，不盡長江滾滾來。」詩人遠望群山，無邊無際的樹叢，落葉飄飄，蕭蕭落下；俯視長江，奔流不息，滾滾而來。詩人抓著「落木」和「長江」兩個意象，以「無邊」、「不盡」加以修飾，使之氣勢雄渾，境界曠遠。但「蕭蕭下」與「滾滾來」中也暗含時光易逝、壯志難酬的感愴。

頸聯：「萬里悲秋常作客，百年多病獨登台。」詩人由蕭蕭落木聯想到自身，多少年來流落飄泊，奔波「萬里」，「作客」他鄉，如今年過半百，已到暮年，身體多病，且獨自登高，這是多麼孤獨的境況。真是年老、多病、流落、孤獨，集於一身，「悲秋」之感油然而生。

尾聯：「艱難苦恨繁霜鬢，潦倒新停濁酒杯。」詩人回顧一生，艱難苦恨，潦倒備嘗，國難家愁，不離已懷，因而白髮日多，加之因病戒酒，悲愁更難排遣。詩人憂國傷時的情懷，自然溢出。

詩人在這首詩中借重陽登高之際，把在夔州期間思國、念家、懷友、謀食的種種艱辛、愁苦齊集於筆下，迴旋頓挫，沈鬱悲涼。

杜甫的風雨漂泊路

旅夜書懷

——杜甫

細草微風岸，危檣獨夜舟。
星垂平野闊，月湧大江流。
名豈文章著，官應老病休。
飄飄何所似？天地一沙鷗。

注　釋

- 危檣：高高的桅杆。
- 星垂：群星低垂如掛，指星光燦爛。
- 湧：騰躍。大江：長江。
- 沙鷗：水鳥。

譯文注釋

微風吹著岸邊的小草，一隻高高地豎起桅杆的小船孤獨地夜泊在江邊。萬點星光映照在空曠的原野上，一輪明月流在浩蕩的江中。我的名聲難道是因為文章而顯著？官位則是因為年老多病而甘休。四處飄零好像什麼？在茫茫的天地間，如同一隻孤零零的沙鷗。

背景故事

唐肅宗至德元年（西元756年）六月，安史叛軍攻陷長安。當時身陷長安的杜甫聽到唐肅宗在靈武即位的消息後，便冒著生命危險，逃出長安。

這時候唐肅宗已進駐鳳翔，杜甫歷盡艱險去拜見唐肅宗，被任命為左拾遺。左拾遺是專門指出皇上過失和向皇上薦舉人才的官，杜甫非常感謝皇上的器重，決心盡忠職守，為國家效力。就在這時，遇到了這樣一件事：

當朝宰相房，起初很得肅宗皇帝的信任，後來因在用人問題上與肅宗有不同意見，再加上背後有小人挑撥，便和肅宗的關係日益疏遠。房是個耿直的人，不願在皇上面前受別人的奚落，於是請旨帶兵收復西京，肅宗批准了他的要求，並讓他自己挑選將官。

房當時選了兩個人，一個叫李楫，一個叫劉秩。這兩個人均是白面書生，根本不懂軍事，更不會帶兵打仗，即無勇又無謀。戰鬥中這兩人束手無策，再加上有幾員大將投降了叛軍，結果房大敗而歸。

肅宗皇帝接到敗報，十分生氣，要治房的罪，滿朝文武除李泌外，無人敢替房申辯。這時，杜甫不顧個人安危，毅然決然地向唐肅宗上疏，為房說情。

他的這一舉動，震驚了滿朝官員，一時朝野間議論紛紛。誰知這卻惹惱了肅宗皇帝，下詔三司審問杜甫，並把他從左拾遺降為華州司功參軍，從此與長安永別。

事後，杜甫又到劍南節度使嚴武幕僚任職，不久辭職。嚴武去世後，杜甫率領全家離開成都草堂。在船經渝州（今重慶）、忠州（今忠縣）途中，為了抒發自己飄泊生活中孤獨淒涼的苦悶心情，透過旅途月夜的景色，揮筆寫了這首感人至深的《旅夜書懷》詩。

這首詩的首聯：「細草微風岸，危檣獨夜舟。」寫船行大江之中所見的景色。白天，大江兩岸，細草微風；夜間，船桅高聳，孤舟夜泊。細、微、危、獨四字，將水陸兩方面的景色包容起來。

頷聯：「星垂平野闊，月湧大江流。」再從岸上與江面揮筆寫景。遙望天際（陸地），星垂如掛，星光燦爛，原野廣闊，一望無際；俯視大江（江面），水流不息，波光蕩漾，明月好像出沒於大江之中。承接上聯，將秋天雄渾壯闊的大江景色展現了出來，為下面的秋思「書懷」埋下伏筆。

頸聯：「名豈文章著，官應老病休。」說自己知名於世難道是因為文章好嗎？詩人素有「致君堯舜上，再使風俗淳」的遠大政治抱負，由於受壓抑長期不能施展，而名聲竟因文而著，這是詩人迫不得已之事。做官，因年老多病，便應該退休。這是反話，詩人的休官不是「老」、「病」，而是受到排擠。這一聯飽含憤慨之意！

尾聯：「飄飄何所似？天地一沙鷗。」說自己這種飄泊無依的生活像什麼呢？就像天地間一隻飄泊無定的水鳥。

即景自況，以抒飄泊江流的感慨！這首詩既寫旅途風情，更感傷自己年老多病，卻仍然只能像沙鷗在天地間飄零。「名豈文章著」是反詰語氣，也許在詩人的內心，自認為還有宏大的政治抱負未能施展。

宮女的不幸

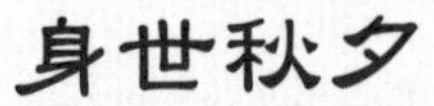

——杜牧

銀燭秋光冷畫屏，輕羅小扇撲流螢。

天階夜色涼如水，坐看牽牛織女星。

注　釋

- 銀燭：白蠟燭。
- 輕羅小扇：輕巧的綾羅小扇。
- 天階：一作「天街」，露天的石階。
- 坐看：有的選本作「臥看」。

秋夜裡銀燭照著清冷的畫屏，她揮著輕巧的綾羅小扇撲捉流螢。天階的夜色冰涼冷如水，久臥難寐，遙看牽牛織女雙星。

背景故事

在一個秋天的晚上，白色的蠟燭發出微弱的光，給屏風上的圖畫添了幾分暗淡而幽冷的色調。這時候，一個孤單的宮女正用小扇撲打著飛來飛去的螢火蟲，來消遣她那孤獨的歲月，似乎想驅趕包圍著她的陰冷與寂寞。

在寂寞之中，夜已經很深了，寒意襲人，可是那個宮女依舊坐在石階上，仰視著天河兩旁的牽牛星和織女星。這是因為牛郎織女的故事觸動了她的心。從傳說中的牛郎織女想起自己不幸的身世，也使她產生對真摯愛情的嚮往。

唐代大詩人杜牧，為了表現一個失意宮女的孤獨生活和內心苦悶，從一個側面反映封建時代婦女的悲慘命運，也為了表現宮女的哀怨與期望相交的複雜感情，於是，揮筆寫了一首《秋夕》詩。

此詩抒寫一個宮女的孤苦生活和淒清心境。

頭兩句描繪出一幅宮內淒涼生活圖畫：秋天晚上，燭光微顫，屏畫幽暗。此時，一位孤單的宮女正用綾羅小扇撲打著繞來飛去的螢火蟲。「輕羅小扇撲流螢」一句委婉含蓄，至少蘊有三層意思：

其一，螢火蟲常常生長於荒蕪的草叢墳墓之間，宮女居住的庭院居然飛舞著螢火蟲，可想而知宮女的生活是何等孤苦淒清了。

其二，宮女撲螢之舉可見其百無聊賴。她無所事事，只

有以小扇慢慢撲螢，似乎欲趕跑困擾她的孤寂淒冷，又有何用？

其三，宮女手中的小扇具有比擬意義。扇子本為夏日扇風取涼之用，秋日卻無用處，因而古代詩人往往用秋扇比擬棄婦，此處暗喻宮女失去了寵幸。

第三、四句緊承前兩句，是說夜已深沉，寒氣襲人，應當進屋入夢了。然而宮女卻依舊坐在石階之上，注視天河兩邊的牽牛星與織女星。大概是牛郎織女的故事觸動了她的心吧！哀惋自身之不幸，傾慕他人之有幸，心事盤繞全在這舉首仰望之中。

全詩無一句抒情語，可是宮女那種哀怨與期盼相交織的複雜情感卻力透紙背，以一隅而反映了封建制度下婦女的淒苦命運。

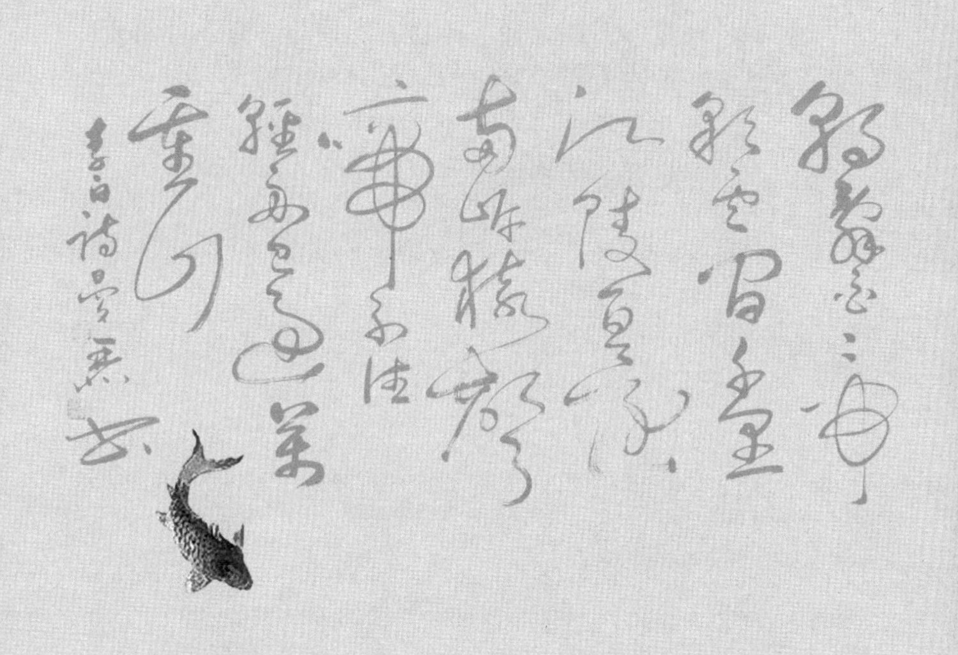

雜詠篇

「玉桃偷得憐方朔，金屋修成貯阿嬌」，詩人借用神話故事和歷史典故，浮想聯翩，穿越時空，寫下懷古詠史詩。「沖天香陣透長安，滿城盡帶黃金甲」，詩人賞景觀物，思緒湧動，付諸筆端，於是寫下託物言志的詩。詩人的創作動機不同，寫出的詩歌題材不同，凡此種種，不一而足，現選取幾首，暫且名之為雜詠篇。

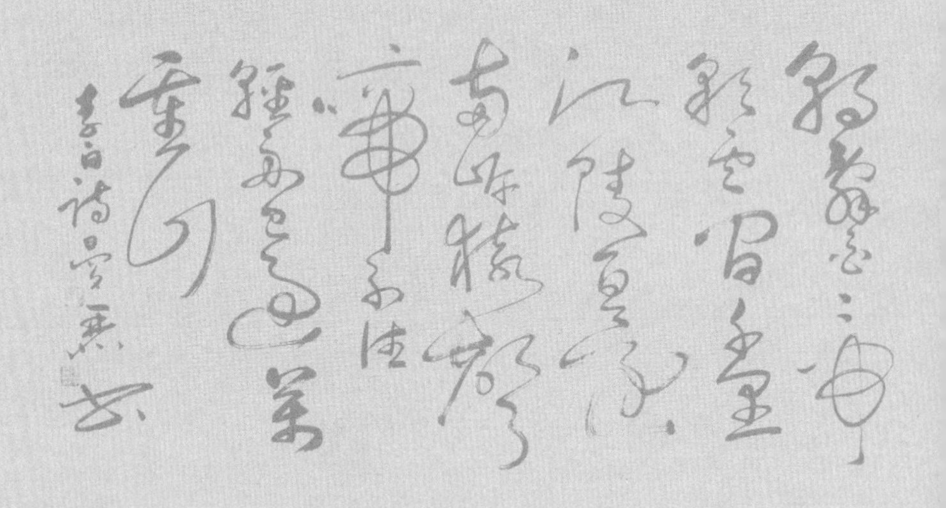

詩中藏典故

茂陵

——李商隱

漢家天馬出蒲梢，苜蓿榴花遍近郊。

內苑只知含鳳嘴，屬車無復插雞翹。

玉桃偷得憐方朔，金屋修成貯阿嬌。

誰料蘇卿老歸國，茂陵松柏雨蕭蕭。

漢武帝得到了蒲梢千里馬，又將從西域傳來的苜蓿和石榴種滿了近郊。他在內苑射獵，用鳳嘴膠黏好了折斷的弓箭，斷弦可以黏好，但皇帝的生命卻不能延長，再也看不到他插著鸞旗的車到處遊歷了。他信奉神仙，喜歡偷過王母仙桃的東方朔，他又喜歡美女，修成金屋藏住陳阿嬌。誰知蘇武年老回到國內的時候，漢武帝已經死了，他所能聽到的只是茂陵松柏被雨水滴打的蕭蕭聲。

這首詩中涉及以下幾個故事。

漢朝興盛時期，西域的大宛國擾亂漢朝邊疆，於是漢武帝派大將軍李廣利率兵征伐大宛國。在征伐中繳獲了一匹千里馬，取名叫蒲梢，但這匹良馬只吃苜蓿，漢武帝便下令在京城大量種植苜蓿，又在京城近郊種了許多從西域傳來的葡萄、石榴等，這些都是唐朝沒有的，遠遠望去，長安近郊一片蔥蘢。

詩中的「內苑只知含鳳嘴」一句，講的是漢武帝在內苑華林園射獵，突然弓弦斷了，他很掃興，西域使者拿出一個裝有液體的小盒子，把盒內的液體塗在弓弦上，很快便黏上了，武帝接過弓試了試，黏得很牢固，便問：「這是什麼東西？」

西域使者答道：「這是一種用鳳嘴和麟角合煎特製配成的濕膠。」

詩中稱之為「含鳳嘴」，古稱「連金泥」。

「玉桃偷得憐方朔」則是一個神話故事。傳說有誰吃了蟠桃就可以長生不老，可王母娘娘對蟠桃卻十分吝惜，是不會輕易給人的。

東方朔是武帝的一名大臣，他有隨機應變的能力和詼諧幽默的語言，並經常巧妙地勸諫漢武帝，武帝很欣賞他。

傳說中東方朔是個下凡的仙人。有一次，王母娘娘給玉

帝仙桃吃，東方朔躲在一邊偷偷地看，這哪能逃過王母娘娘的神眼，她告誡東方朔：「你曾三次來我這兒偷桃，我都饒恕了你，下次我一定不客氣！」東方朔只好知趣地走開。

「金屋修成貯阿嬌」一句詩講的則是一個真實的故事，說的是漢武帝和陳阿嬌的事。

漢武帝很小的時候便看中了姑母長公主的女兒陳阿嬌。當時他就聲稱一定要娶陳阿嬌，而且要修一座華麗的金屋供阿嬌居住。他稱帝後果真娶了陳阿嬌為妻，修了一座金屋。陳阿嬌做皇后受寵十餘載，後來被打入冷宮。

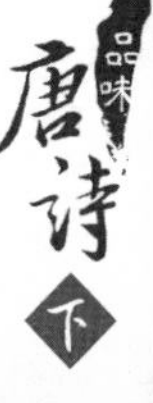

楊貴妃的七絕詩

贈張雲容舞

——楊玉環

羅袖動香香不已，紅蕖嫋嫋秋煙裡。
輕雲嶺上乍搖風，嫩柳池邊初拂水。

譯文注釋

詩意是：綾羅的衣袖舞動香風陣陣，好像艷紅的荷花在秋日的輕煙中微微地擺動，嶺上乍起的風吹浮著白雲，池邊嫩綠的柳絲拂著平靜的水面，這一切，也不如她舞姿的美妙啊！

背景故事

楊貴妃這一首《贈張雲容舞》七絕詩，內容是讚美她的侍女張雲容跳霓裳羽衣舞時的優美舞姿。

當時唐玄宗求長生不老，所以特別喜歡長生術，並經常與申天師談道，張雲容便有機會在一旁竊聽，時間長了便認識了申天師。

一天，她向天師叩頭求長生藥。天師給她一粒絳雪丹，並且對她說：「姑娘將來死後，需要一具大棺材，嘴裡含著這粒絳雪丹，這樣可以使妳的身體永遠不會變壞。一百年之後，妳會遇到一年輕人，他會與妳結為夫婦，白頭到老，妳也能就地成仙。」

張雲容後來死在連昌宮，嘴裡含著那粒絳雪丹葬在連昌宮附近。

到了唐憲宗元和末年，平陸縣尉薛昭因為私放一個為母復仇而殺人的犯人，被流放到海東。啟程時，有個叫田山叟的老朋友一定要陪他走一程。

到了三方驛（位於河南宜陽南，距連昌宮不遠）時，山叟送薛昭一粒藥，說吃後可防止疾病，還可不吃飲食，並告訴他逃往北邊的茂密樹林，這樣不僅可躲避災難，還能得到美滿姻緣。

按照田山叟的指點，薛昭在逃跑的路上躲進了當時已經荒涼廢棄的連昌宮，藏在一座殿堂裡。

到了晚上，月明風清，殿堂的大門輕輕地打開了。這時，有三位美麗的姑娘走進了院子，擺酒談天。其中一位姑娘說：「吉利吉利，好人相逢，惡人相避。」

另一位姑娘說：「良宵宴會，雖有好人，豈易逢耶？」

薛昭隔著窗縫看到這一切，又想起田山叟的話，就大膽地走出來說：「好人不難相逢呀！我就是好人！」

三位姑娘嚇了一跳，忙問他是誰，薛昭說出了自己的身

分，為何到這裡來。

姑娘們作了自我介紹。其中年齡最大的姑娘叫張雲容，另外兩個姑娘是蕭鳳台和劉蘭翹，蕭和劉也是宮女，因為唐太宗的第九個女兒嫉妒她們的漂亮，用毒酒將她們毒死，死後也葬在這裡。

薛昭與張雲容共度良宵之後，張雲容復活，與薛昭結為夫妻。

求仙不成反而過早喪命

望仙台

——羅鄴

千金壘土望三台，雲鶴無蹤羽衛還。
若說神仙求便得，茂陵何事在人間。

花費了大量的人力物力築起了高台，想看海中的三座大仙山，但卻望不見乘坐雲鶴的仙人，只好在侍衛們的保護下失望地回來了。如果說神仙是真的能求得的話，那麼漢武帝早已成仙了，哪還會有今日的茂陵呢？

作者簡介

羅鄴，余杭人，累舉進士不第。光化中，透過韋莊向朝廷奏請，追賜進士及第，贈官補闕。其作品存詩一卷。

漢武帝稱帝統一天下，漢朝一度國富兵強，武帝也享盡

了人間的榮華富貴，他害怕死，於是便尋仙求神，希望長生不死。

當時有一個叫李少君的方士自稱有長生不老之術。他在朋友武安侯家喝酒，見一位九十歲的老翁也前來赴宴，他說自己曾與老翁的爺爺在一起打獵，老人問他在什麼地方，他居然答對了，因老人家小的時候也和他爺爺去過此地。這下眾賓客大吃一驚，武安侯問他：「那麼少君已在世上活了幾百歲了。」

李少君笑著點頭。第二天，武安侯便來到朝廷向漢武帝稟報了此事：漢武帝十分驚喜，立即下令將李少君請進宮中，問道：「你在人間已經活了多少年？」

李少君忙回答：「三百五十一年。」

漢武帝高興地問：「你見過了哪些神仙，吃了什麼仙藥？」

少君回答：「一次神仙安期生夢中約我去他那裡做客，我便隨他去了海中的蓬萊山，」

「都吃些什麼？」武帝忙問。

少君答道：「只吃一顆仙棗，但有西瓜那樣大。」

漢武帝對李少君深信不疑，對他十分寵愛和信任，武帝告訴李少君：「如果神仙安期生再請你赴宴，一定要告訴我一聲讓我與你同去。」

就在武帝迫切想去蓬萊山赴宴的時候，李少君居然死了。

漢武帝不解地說：「李少君都已成仙，為什麼還會死掉，可能是變化走了，去了蓬萊山。」

第二個來騙漢武帝的是方士少翁。他自稱通神仙鬼圖，能請下仙人，但時間長了不見靈驗，漢武帝大為不滿。少翁怕皇帝生氣殺了他，便用絲綢寫下了奇怪的字讓牛吃下去，然後稟報皇上說：「仙人知道了皇帝求見，寫一書到人間。」

武帝焦急地問：「此書在哪裡？」

少翁忙答：「在一隻大黃牛的腹中。」

於是牽來了這隻大黃牛，當場殺了，取出了肚子裡的絲綢書。武帝一見便看出這是方士少翁的字跡，一氣之下把他給殺了。漢武帝又一次受騙還是沒有醒悟，繼續求見神仙以求得長生不死。直到他六十多歲才有點醒悟，在群臣面前自歎自己的愚笨，並說道：「天下豈有仙人，盡妖妄耳！食不過飽，適當服藥，保持身體健康才能少生疾病！」

但他悔悟得太晚了，過沒幾年，他便命歸西天了。

在朝廷做官的日本使者

哭晁卿衡

——李白

日本晁卿辭帝都，征帆一片繞蓬壺。

明月不歸沉碧海，白雲愁色滿蒼梧。

日本友人晁卿離開了長安，乘船駛向大海那邊的故鄉，我那像明月一樣的朋友再也不會歸來了，他沉到碧海深處。愁色的白雲遮滿了蒼梧山，悼念我這位朋友的逝去。

背景故事

在唐代，日本與中國的交往相當密切。日本的使節、僧人、留學生等，冒著東海的驚濤駭浪，長途跋涉來到中國，其中與唐朝朝廷關係特別密切的，就是阿倍仲麻呂。

開元五年（西元717年），阿倍仲麻呂來到了長安，當時他只有十六歲，由於他年齡小，在長安入唐太學讀書。他讀書非常刻苦，通讀中國許多史書，還寫了一手好詩，唐玄宗聽說有一日本少年，不遠千里來到大唐，學習勤奮，才華橫溢，決定見見他。

唐玄宗問他：「你為什麼要離開家鄉來到大唐讀書？」

阿倍仲麻呂回答說：「大唐有歷史悠久博大精深的文化，國家昌盛，百姓富裕，我想把這裡的一切學到後帶回日本。」

唐玄宗又問：「你今後有什麼打算？」

他回答道：「回國後廣泛傳播大唐的文化和治國之道，增加兩國的友好往來。」

唐玄宗非常賞識他的遠大志向和博才多學，徵得他的同意後，決定將他留在朝廷擔任官職。並問他：「你喜歡大唐的國家和百姓嗎？」

他回答說：「非常喜歡。」

唐玄宗沉思了片刻說：「那我為你取一個中國的名字叫晁衡，你看如何？」

阿倍仲麻呂忙跪謝玄宗。

天寶十二年（西元753年），日本的孝謙天皇派了遣唐使團，乘四條大船來到中國。唐玄宗在大明宮含元殿接見了日本使團。並命令當時任祕書監兼衛尉卿的晁衡接待，晁衡陪同使者們參觀了唐朝廷的宮殿和府庫，還請來了畫家為使者們畫像留念。

日本使者們不久即將返回祖國了，唐玄宗知道了此事後召見了使者的代表，並問道：「此次來到大唐有什麼感覺？」

使者說：「感受很深，大唐不愧為文明之國，不愧是東方文化的發源地，我們一定要把這些帶回祖國。」晁衡這次接待家鄉來的使者，思鄉的心情油然而生，於是產生了回歸祖國的念頭。夜裡，他輾轉反側，久久不能入睡。妻子猜出了他的心思，在一旁輕聲地勸慰道：「我知道你現在在想什麼？這幾天和家鄉的同胞在一起，又在思念祖國的親人了吧？」

晁衡長歎了一口氣：「我已經在這裡生活三十六年了，雖然非常習慣這裡的生活，也非常熱愛這裡的一草一木，但我畢竟出生在日本國，我是一個日本人。」

妻子有些吃驚地問：「你想回到日本去？」

晁衡默默地點了點頭。

妻子擔心地問：「你在大唐都生活了大半輩子了，你還要遠渡重洋回去日本？更何況皇上能恩准嗎？」

晁衡說：「明天清早，我去朝見皇上！」

第二天，晁衡朝拜皇上時說出了自己的心裡話。

唐玄宗思忖了一番，然後對他說：「你生在日本，在大唐為朝廷做了許多事，現在渴望回到家鄉，去尋找多年未見到的親人，這是人之常情，我怎麼能不同意呢，帶著你的妻兒返回日本吧！但你要把大唐國經濟的繁榮，文明的禮義教化和博大精深的悠久文化在日本廣為傳播，促進兩國人民的友誼，這也是我臨別前對你的一番贈言。」

天寶十二年十一月十五日晚上，兩艘大船停靠在海邊，準備第二天起航。第一艘船載日本正大使和晁衡，第二艘船載大唐著名佛教高僧鑑真和尚和日本副大使。日本使者這次來到中國，特別來到了揚州大明寺參拜了鑑真，並請他東渡日本傳授佛教戒律。原來，鑑真早年先後多次設法東渡日本傳教，結果都失敗了，如今已雙目失明，但他傳教的決心毫不動搖，故這次隨使者們一同前往。

沒想到，兩艘船在海上充滿了艱難險阻，第一艘船在大風浪中遇難，全船人大部分身亡，只有少數人在海上漂流到安南，後來從陸地返回了長安；第二條船最後到達了日本，鑑真和尚東渡日本的願望終於實現了。

晁衡的好友詩人李白在江南聽說晁衡乘坐的船遇到大風浪，船上的人毫無消息，以為晁衡已遇難身亡，他悲痛萬分，寫了一首《哭晁卿衡》詩沉痛悼念這位日本友人。

其實晁衡倖免於難，後來返回長安繼續在朝廷任職，一直到唐代宗大曆五年（西元770年）去世。

滿城盡帶黃金甲

不第後賦菊

——黃巢

待到秋來九月八，我花開後百花殺。

沖天香陣透長安，滿城盡帶黃金甲。

- 九月八：古代九月九日為重陽節，有登高賞菊的風俗。說「九月八」是為了押韻。
- 殺：凋謝。
- 香陣：陣陣香氣。
- 黃金甲：金黃色的鎧甲，此指菊花的顏色。

待到九月九重陽節，菊花盛開的時候，百花已凋零，濃烈的菊香瀰漫長安，滿城都像是身穿黃金甲的菊花。

背景故事

黃巢，唐末農民起義領袖，曹州冤句（今山東荷澤）人。舉進士不第。西元875年，因連年大旱，百姓遭遇饑荒，黃巢率領數千人在曹州起義。西元881年攻破唐朝京都長安，建立農民政權，國號大齊。但由於沒有建立較穩固的根據地和未乘勝追殲殘餘勢力，以致敵人得以反撲。後被迫撤出長安，轉戰山東，西元884年在泰山狼虎谷戰敗自殺。

黃巢在很小的時候就是個非常活潑聰明的孩子。一年秋天，他的祖父正對著繽紛的菊花仔細觀賞，嘴裡念念有詞，可是許久也成不了完整的詩句。

這時，站在旁邊的五歲孩童忍不住脫口念了兩句詩：「堪與百花為總首，自然天賜赭黃衣。」老人轉頭一看，是孫子黃巢，不禁喜上眉梢，連連稱好。

黃巢的祖父高興地說，「我家姓黃，他讚美黃菊花能當百花的領袖，真是人小志氣大啊！」黃巢的父親聽後，慌忙去堵住兒子的嘴還罵道：「你這小子再胡說八道，小心被殺頭！」

黃巢很不服氣：「我只不過是把菊花說成為百花的首領，因為老天賜給它穿赭黃色的衣服，有什麼不對？」

然而他小小年紀，哪裡知道避忌，那「赭黃色」只有皇帝才能穿，這要是傳出去可是會惹下彌天大禍的。

爺爺連忙打圓場說：「還是罰孩子做首詩吧，就以眼前

的菊花景色起句。」這建議得到大家的贊同，小黃巢站起來，吟出四句詩：

「題菊花」這首詩的大意是：在這秋風颯颯的院中栽滿了菊花，蝴蝶早已隨著夏日離去了，哪能來欣賞這寒蕊冷香。如果我有一天當上了管治春季的青帝，一定要讓菊花和桃花同時開放。

祖父聽了，笑得合不攏嘴，說：「想像力太豐富啦，讓菊花跟桃花同在春天開放，不同凡響，妙極了！」佇立一旁的父親，臉上也露出讚許的笑容。

從小聰明過人的黃巢長大後，考進士反而落第了。他並沒有垂頭喪氣，當晚寫了這首著名的賦菊詩。

中國自古以來就有重陽節（九月九）賞菊的風俗，相沿既遠，這一天也無形中成了菊花節。這首菊花詩，其實並非泛詠菊花，而是遙慶菊花節。為什麼不用「九月九」而說「九月八」呢？是為了與後面的「殺」、「甲」字押韻。一個「待」字是充滿熱情的期待，是熱烈的嚮往。「待」到那一天會怎麼樣呢？作者以石破天驚的奇句——「我花開後百花殺」接應上句。菊花開時百花已凋零，這本是自然規律，也是人們習以為常的自然現象。而這裡特意將菊花之「開」與百花之「殺」（凋零）並列在一起，構成鮮明對照，以顯示其間的必然聯繫。

作者親切地稱菊花為「我花」，顯然是把它視為廣大被壓迫人民的象徵，那麼，與之相對的「百花」自然是喻指反動腐朽的封建統治集團了。

「沖天香陣透長安，滿城盡帶黃金甲。」整個長安城，都開滿了帶著黃金盔甲的菊花。它們散發出的陣陣濃郁香氣，直沖雲天，浸透全城。想像的奇特，設喻的新穎，辭采的壯偉，意境的瑰麗，都可謂前無古人。

菊花，在封建文人筆下，最多不過把它作為勁節的化身，讚美其傲霜的品格；這裡卻賦予它戰士的風貌與性格，把黃色的花瓣設想成戰士的盔甲，使它從幽人高士之花成為最新最美的戰士之花，正因為這樣，作者筆下的菊花也就一變過去那種幽獨淡雅的靜態美，顯現出一種豪邁粗獷、充滿戰鬥氣息的動態美。它既非「孤標」，也不止「叢菊」，而是花開滿城，占盡秋光，散發出陣陣濃郁的戰鬥芳香，所以用「香陣」來形容。

「沖」、「透」二字，分別寫出其氣勢之盛與浸染之深，生動地展示出農民起義軍攻佔長安，主宰一切的勝利前景。

由此可見，「滿城盡帶黃金甲」說的就是，在菊花盛開的秋季，總有一天會帶著黃金盔甲的農民起義軍，遍佈整個長安城。從這句一語雙關的詩句中，可以看出黃巢的內心，已經孕育了推翻唐王朝的反抗意識。顯示出作者天翻地覆、扭轉乾坤的壯志胸懷，不愧是揭竿而起的千古豪傑。

草野之中難掩鴻鵠之志

瀑布聯句香嚴閒祥師

——李忱

千岩萬壑不辭勞，遠看方知出處高。

溪澗豈能留得住，終歸大海作波濤。

譯文注釋

無數條溪流，不辭勞累流經千岩萬壑，彙成瀑布傾瀉而下，遠遠望去，才顯出矗立的高山。

細小的溪流怎麼能在這峻嶺的高峰上留住呢？它要彙成瀑布，流入浩瀚的大海翻起波浪。

背景故事

唐宣宗李忱是憲宗的第十三個兒子，穆宗的弟弟。敬、文、武宗的叔叔。他是晚唐最後一位值得一提的皇帝。武宗一直也沒有立太子，所以在他病危的時候，宦官馬元贄擁立李忱為帝。宣宗性明察沉斷，用法無私，從諫如流，重惜官賞，恭謹節儉，惠愛民物，人們稱之為「小太宗」。

李忱在沒做皇帝的時候，曾經出家做過和尚。有一天，他在廬山遊玩，碰到一位老禪師叫香嚴閒，兩人說得投機，就結伴而行了。

香嚴閒禪師是個經歷豐富，世情練達的老和尚。他早就知道這位同伴來歷不尋常，是憲宗的第十三個兒子，當今武宗皇帝的叔父，只因為武宗皇帝妒忌他的才能，皇宮裡不容易待了，就暫時放下榮華富貴，來到草野之中，隱姓埋名，避世出家了。然而真出家假出家，一時還看不出來。

兩人邊走邊閒談著，不知不覺來到了一處著名的風景勝地——廬山瀑布。香嚴閒禪師說：「先賢李白有詩曰：『飛流直下三千尺，疑是銀河落九天』真乃美哉壯語，想像奇麗，無人能及呀！」

李忱也說：「禪師言之有理，現在的人們面對這瀑布，都要說聲『眼前有景道不得』了，哈哈！」

香嚴閒禪師似乎想要試探一下李忱的真實心思，想看看李忱是真想過這種閒雲野鶴的生活呢，還是腹有大志暫緩行事，就對李忱說：「老衲也想吟詠廬山瀑布，很久以來，只得了一聯上句，下聯就怎麼也對不出來了。」

李忱本來是個對詩文感興趣的人，一聽興致就來了，但還是裝出不緊不慢的神態問道：「請大師吟來聽聽，可能的話，貧僧也試試，給大師助個興。」

香嚴閒禪師朗聲吟誦道：

千岩萬壑不辭勞，

遠看方知出處高。

李忱一聽，果然是吟詠瀑布的句子，不但合了情景，而且飽含哲理，但是其中似乎還有些言外之意，想那瀑布騰空而來，在眼前是看不到千岩萬壑，而千岩萬壑又好像是真的在瀑布的背後存在著，而且「出處高」的高妙和隱藏彷彿是在說自己一樣。難道他真的在暗指我嗎？他想一想，便把後面的下聯對上了：

溪澗豈能留得住，

終歸大海作波濤。

到底是皇帝的口氣，接承前面兩句的詩意，既歌詠寫實的瀑布，又暗含著個人的志向。香嚴閒禪師聽了不免一驚，他明白眼前的雲遊和尚，果然是個胸有大志的人，不禁肅然起敬。

此詩的首句是瀑布的溯源。在深山之中，無數不為人知的涓涓細流，騰石注澗，逐漸彙集為巨大山泉，在經歷「千岩萬壑」的艱險後，它終於到達崖前，「一落千丈」，形成壯觀的瀑布。此句抓住瀑布形成的曲折過程，賦予無生命之物以活生生的性格。「不辭勞」三字有強烈的擬人化色彩，充溢著讚美之情。

第二句著重表現瀑布氣象的高遠，寓有人的凌雲壯志，又含有慧眼識英雄的意味。「出處高」則取勢遠，暗合後文「終歸大海」之意。

寫瀑布經歷不凡和氣象高遠，刻劃出其性格最突出的特

徵，同時醞足豪情，為後兩句充分蓄勢。第三句忽然說到「溪澗」，照應第一句的「千岩萬壑」，在詩情上是小小的迴旋。當山泉在岩壑中奔流，會有重重的阻撓，似乎勸它留步。然而小小溪澗式的安樂並不能使它滿足，它心向大海，不斷開闢前程。唯有如此，它才能化為崖前瀑布，而且最終要東歸大海。

由於第三句的迴旋，末句更有沖決的力量。「豈能」與「終歸」前後呼應，表現出一往無前的信心和決心。「作波濤」三字語極為具體，令人如睹恣肆浩瀚、白浪如山的海濤景象。從「留」、「歸」等字可以感受結尾兩句仍是人格化的，使人聯想到棄燕雀之小志、慕鴻鵠以高翔的豪情壯懷。瀑布的性格至此得到完成。

這樣一首託物言志的詩，描繪了沖決一切、氣勢磅礴的瀑布藝術形象，富有激情，讀來使人激奮，受到鼓舞。

香嚴閒禪師聽後為了使自己不顯得太過驚訝，特意調整了一下氣息，然後，用一種鎮定和從容的口氣繼續說道：「好聯，好聯！這兩句氣勢磅礴，壯志凌雲，如果把瀑布比作蛟龍的話，真可謂蛟龍歸海，掀波作濤，其勢不可擋啊！老衲佩服之至！佩服之至！」

後來，李忱果然接替唐武宗當了皇帝。

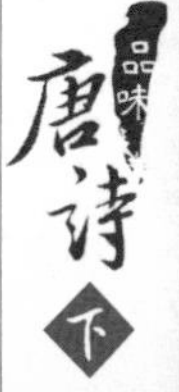

陳子昂摔琴一日成名

登幽州台歌

——陳子昂

前不見古人，後不見來者。

念天地之悠悠，獨愴然而涕下。

注　　釋

- 幽州：古九州之一，今河北省地。幽州台又稱薊北樓，屬古燕國國都，故址在今北京市西南。
- 悠悠：長久，遙遠。
- 愴然：悲傷的樣子。

譯文注釋

前面見不到古代那些賢明國君，後來的賢明之士也來不及見到，真是生不逢時。天地是那樣的遼闊，時間在不斷流逝。自己怎樣才能不虛度此生來報效國家呢？這不能不讓人悲傷落淚。

背景故事

陳子昂（西元661~702年），字伯玉，梓州射洪（今四川射洪）人。

唐睿宗文明元年（西元684年）舉進士，為武則天所賞識，官拜麟台正字，後為右拾遺。敢於直諫。曾隨武攸宜東征契丹。聖曆初年辭官還鄉，被貪婪殘暴的縣令段簡誣陷，憂憤死於獄中，時年四十二歲。

陳子昂在詩歌創作上力倡漢魏風骨，主張詩歌要反映現實生活，要有真情實感，反對齊梁「逶迤頹靡」的形式主義詩風，並創做出許多具有影響力的優秀作品，為唐詩的發展開拓了新的道路。

唐高宗末年，出身豪貴的陳子昂從梓州射洪（今四川）來到京都長安參加進士考試。唐代的進士考試，卷子不密封，考官除了看考生的卷子外還要看他的名氣，更重要的是看是否有達官貴人的推薦。因此，參加進士考試首先要在長安出名，使自己的詩文能讓一些有名望的人知道。

一天，長安城來了一個西域商人，手裡拿著一把胡琴，價格非常昂貴，周圍站了許多人，不知道這把琴為什麼會賣這樣貴，到底貴在哪兒？

第二天，這個商人又站到了街頭，圍觀的人越來越多，都想知道這昂貴的胡琴到底能奏出多美妙的樂曲來。

這時，在這裡連續觀看了三兩天的陳子昂走上前來將琴

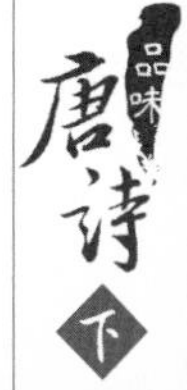

買下來，並當眾宣佈：明天要在這裡演奏絕妙的樂曲，請歌女唱著名詩人的文章，希望大家回去相互轉告。

第二天，果真有上百人在此等候，其中也有不少長安有名的詩人。陳子昂站到了高處的台階，高聲喊道：「我是蜀人陳子昂，善於寫詩文，現在有一百多篇了，可是在長安卻沒有人知道。今天請各位來是聽我演奏的，但為什麼一把樂工用的胡琴可以賣這麼貴呢？原因是賣胡琴的商人為了掙錢，其實這把胡琴也同其他的胡琴一樣，沒有什麼特殊的。」說完便將手中的胡琴用力一摔，胡琴頓時碎裂開來，接著他又將自己的詩文分發給大家。

由於他的詩的確寫得很好，就這樣，一天之內他的名字傳遍了長安城。在他二十四歲那年，考中了進士。

陳子昂從小愛慕豪傑俠客，他的為人也是這樣。他考中進士後當了個小官。他提出了許多合理的建議，陳述時弊，卻不被朝廷採納，還受排擠。

西元696年，契丹攻陷了營州，陳子昂奉命隨軍出征，帶兵的將領是個草包，連打了幾次敗仗，國情十分緊急。這時陳子昂多次提出好的建議，又請求率兵衝鋒，但將領誤以為他要帶兵造反，謀奪他的權位，不但沒有聽他的建議，反而還把他給降職了。

陳子昂受到了打擊，心情非常沉重，眼看著報國的良策難以實現。這天他登上軍營附近的幽州台，忽然記起了戰國時曾在這裡廣招天下賢士的燕昭王，他滿腔悲憤，慷慨激昂，寫下了這首傳誦古今的《登幽州台歌》。

當詩人站在幽州台上，極目廣袤的北方平原，天高地闊，他心裡想的應該不只是一己的命運和得失了。「前不見古人，後不見來者。」開篇橫空出世，一語驚人。

縱覽古今，在地球上出現過多少生命，哪一個不是僅僅生活在此時此刻的「現在」？即使在同一個時代，心靈與心靈的鴻溝也無法逾越，茫茫人海，知音難覓，能賞識、理解詩人的人已「前去」，還「未來」。

兩個「不見」，包含了萬千思緒，有種生不逢時、懷才不遇的憤慨，更有壯志難酬的孤獨寂寞，以及對宇宙人生的深沉思索，這人世間只有天地是永恆的，只有自然是永恆的，而我們只不過是匆匆的過客。

詩人登樓眺望，想到人生短暫，古人早已面目全非，而天地依然渺遠，那種人類個體置身於歷史長河的孤獨，那種無人溝通的靈魂的孤獨，使詩人悲從心生，不由得潸然淚下。

三、四兩句承接前文，借景抒情，直抒物是人非的孤獨淒涼與鬱鬱不得志的傷感。

長安路上十五夜觀燈

正月十五夜

——蘇味道

火樹銀花合，星橋鐵鎖開。
暗塵隨馬去，明月逐人來。
游伎皆穠李，行歌徑落梅。
金吾夜不禁，玉漏莫相催。

注　　釋

- 正月十五：古稱「上元」，即後來的元宵。
- 火樹銀花：形容燈火、焰火的絢麗。
- 合：連成一篇。
- 「星橋」句：城河橋上燈如繁星，關鎖盡開任人通行。
- 遊伎：參加燈會演出的歌女。
- 落梅：《梅花落》歌曲。
- 金吾二句：「金吾」即執金吾，官名，掌管京城治安。
- 玉漏：古代計時儀器。

譯文注釋

正月十五這天晚上，長安街頭燈火輝煌，像星星一樣亮著燈火的橋，打開了鐵鎖任人通行。一些貴族老爺騎著馬在街上遊玩，馬蹄後揚起了陣陣塵土，天上圓圓的月亮緊緊地追逐著行人，歌女們打扮得花枝招展，一面走一面唱著歌曲，官吏們也不管今晚的閒事，玉製的漏壺（古代計時的儀器）慢些漏落，別讓這美好的夜晚過的太快。

背景故事

蘇味道，唐代趙州欒城（今欒城縣）人。高宗乾封年間舉進士，轉任咸陽尉。

武后延載元年（西元694年）入朝為鳳閣舍人、檢樣侍郎同鳳閣鸞台平章事。延聖元年（西元695年）被降職為集州刺史，後復召為天官侍郎，聖曆初（西元698年）復為鳳閣侍郎同鳳閣鸞台。後被貶為坊州刺史，又遷益州大都督府長史，後因黨附張易之，受牽連，貶為眉州長史，又遷益州長史，卒於上任道中，贈冀州刺史。《全唐詩》存其詩十處。宋代蘇洵、蘇軾、蘇轍為其後裔。

在唐代，首都長安每天晚上都戒備森嚴，禁止人們外出。太陽下山後，擊鼓八百下，謂之「淨街鼓」。鼓聲停後，城內各坊即閉門，人們留在家中不許外出，這就是宵禁。

正如兩句唐詩所描述的那樣：「六街鼓絕行人歇，九衢

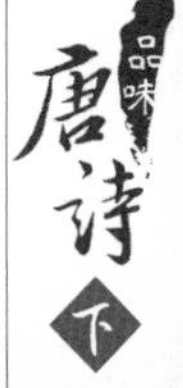

茫茫空有月。」晚上街上有士兵巡查，除皇帝特許外，私自夜行的人都會受到懲罰。但是一年之中還是有三天例外的。那就是正月十四、十五、十六，這三天晚上准許百姓通宵在街上遊玩，主要的活動項目是觀燈。

每年到了那幾天，夜間照例不戒嚴，看燈的人人山人海。豪門貴族的車馬喧鬧，市民們的歡聲笑語，彙成一片歡樂的海洋，整個夜晚都在熱鬧的氣氛中度過。不過也不是通宵達旦，官府會用玉漏來計時，等到玉壺裡的水流光了，人們就必須各自散去回家。

也許正是由於這個原因，那難得的晚上能自由上街的燈節之夜就顯得格外美麗和迷人，讓人沉浸於其中，流連忘返。蘇味道的這首《正月十五夜》就精采地描寫了長安街上正月十五觀燈的熱鬧場景。

從詩中我們可以看出：春天才剛剛透露一點消息，還不是萬紫千紅的世界，可是明燈錯落，在大路兩旁、園林深處映射出燦爛的輝光，簡直就像明艷的花朵一樣。從「火樹銀花」的形容，不難想像，這是多麼奇麗的夜景！說「火樹銀花合」，是因為四望如一的緣故。

由於到處任人通行，所以城門也開了鐵鎖。城關外面是城河，這裡的橋，即指城河上的橋。這橋平日是黑沉沉的，今天換上了節日的新裝，點綴著無數的明燈。燈影照耀，城河望去有如天上的星河，所以也就把橋說成「星橋」了。

「火樹」「銀花」「星橋」都寫燈光，詩人的鳥瞰，首先從這裡著筆，總攝全篇；同時，在「星橋鐵鎖開」這句話裡說出遊人之盛，這樣，下面就很自然地過渡到節日風光的具體描繪。

人潮一陣陣地湧著，馬蹄下飛揚的塵土也看不清；月光照到人們活動的每一個角落，哪兒都能看到明月當頭。原來這燈火輝煌的佳節，正是風清月白的良宵。在燈影月光的映照下，花枝招展的歌妓們打扮得分外美麗，她們一面走，一面唱著《梅花落》的曲調。

長安城裡的元宵，真是觀賞不盡。不知不覺便到了深更時分，然而人們卻仍然懷著無限留戀的心情，希望這一年一度的元宵之夜不要匆匆地過去。「金吾不禁」二句，用一種帶有普遍性的心理描繪來結束全篇，有言盡而意不盡之感受。

這首五律的作者蘇味道，是武則天時代的大臣，他當過好幾年宰相。他的詩雖然寫得不錯，為人卻極其圓滑。傳說在他剛上任的時候，別人問他：「現在有很多急事，宰相您看怎麼辦？」蘇味道不置可否，只是用手摸床（坐具）的棱。他總是那樣，遇到大事不拿主意，不作決斷。當時的人們給他取了一個外號，叫做「模棱宰相」，又稱「蘇模棱」。這也是成語「模棱兩可」的來源。

雪夜中的追逐

塞下曲四首（之三）

——盧綸

月黑雁飛高，單于夜遁逃。
欲將輕騎逐，大雪滿弓刀。

注釋

- 月黑：沒有月亮的夜晚。
- 單于：匈奴對最高統治者的稱呼。
- 遁：逃。
- 欲：就要。
- 將：帶領。
- 輕騎：輕裝快速的騎兵部隊。
- 逐：追逐。

譯文注釋

沒有月光的晚上，鴻雁受到驚嚇紛紛飛往高高的天空，原來是單于趁著黑夜帶著他的部眾逃走了。英勇的將軍打算帶領行動敏捷的騎兵追擊，但這時候紛然落下的大雪，使得弓箭和配刀上都堆滿了雪花。

背景故事

盧綸在唐朝「大曆十才子」中詩歌成就最高。當初，他考進士不中，由於宰相元載的器重和推薦，才逐漸升遷為監察御史。後來，因事託病辭職，回到河中（今山西省永濟縣）。當時，渾瑊是河中元帥，便請他做帥府判官。在任職期間，盧綸常親臨戰場，觀察敵情，指揮作戰。

有一天，在追擊敵人的戰場上，他看到敵人連夜退卻，連鴻雁也受到驚嚇而高高飛起。這時，趁著夜幕掩護，敵人的首領已偷偷地逃走了。此刻，月黑無光，將軍勇敢無畏，沈著應戰。在將軍的號令下，戰士們整裝待發。在漫天大雪中追擊殘敵，但因風雪太大，連弓和刀上也都落滿了大雪。

詩人盧綸，從戰場上回到官府，把他看到的戍邊輕騎雪夜追擊潰敵的情景，寫成了感情充沛、氣勢不凡的《塞下曲》。

此為組詩的第三首，詩人刻劃了將士不畏艱苦，勇赴疆場的場面。盧綸雖為中唐詩人，其邊塞詩卻依舊是盛唐氣象，雄壯豪放，字裡行間充滿著英雄氣概，讀後令人振奮。

一、二句「月黑雁飛高，單于夜遁逃」，寫敵軍的潰退。詩人用先果後因的手法，寫出了邊地寒夜的肅殺清冷。下雪的天空彤雲密佈，遮蔽了月光，一行大雁不知受到什麼

驚擾，急匆匆地飛過夜空。一個「雁」字，既點出季節，同時又讓人想到這沉沉夜幕下可能隱藏著什麼詭祕。是誰驚起原已安棲的雁群？原來是敵人趁著這樣一個漆黑的寂靜的夜晚，悄悄地逃跑了。

儘管有夜色掩護，敵人的行動還是被我軍發現了。三、四句「欲將輕騎逐，大雪滿弓刀」，寫我軍準備追擊的情形，表現了將士們威武的氣概。一支騎兵整隊欲出，夜裡行軍，不辨人馬，唯可見弓刀寒光閃閃，大雪被風刮得漫天飛舞，沾滿了兵器。這是一個多麼緊張而又扣人心弦的場面！詩人略去其他場面不寫，專寫「滿弓刀」這一點，既切事理，又照應了首句，表明「月黑」是因天在釀雪。

這首詩寫克敵制勝的豪情，卻不對戰鬥作正面描繪，只寫了雪夜聞警、準備出擊的場面。

詩人用一兩個短鏡頭，把自己所要頌贊的邊軍將士豪邁、勇敢刻劃了出來，收到了言盡而意未盡的效果。

盧綸寫完這首詩的若干年後，有一天，唐德宗忽然想起他，問左右人，盧綸現在人在哪裡？左右人回答說：「盧綸跟從渾瑊在河中。」德宗便下詔叫盧綸進京，恰好這時盧綸死了，德宗便歎息了很久。

盧綸死後二十多年，唐文宗依然很愛讀他的詩，問宰相：「盧綸死後，留下多少詩作？有沒有兒子？」宰相回答說：「盧綸有四個兒子，都是進士，在朝中任職。」唐文宗就派人到盧綸家中訪求遺稿，得詩五百首。

得罪權貴，李白朝中受挫

清平調

——李白

雲想衣裳花想容，春風拂檻露華濃。

若非群玉山頭見，會向瑤台月下逢。

一枝紅艷露凝香，雲雨巫山枉斷腸。

借問漢宮誰得似，可憐飛燕倚新妝。

名花傾國兩相歡，常得君王帶笑看。

解釋春風無限恨，沉香亭北倚闌杆。

注　釋

- 清平調：樂曲宮調中的兩種。古樂取聲律高下，合為三調：清調、平調、側調。這裡是玄宗指令李白進清、平二調，不用側調。
- 雲想句：意謂看見雲就想起楊貴妃的衣裳，看見花就想起她的面容。
- 露華：露水的光華。
- 群玉山：山名。神話中仙女西王母所居之地。

- 瑤台：西王母的宮殿。
- 一枝二句：這兩句以牡丹比楊貴妃的美麗，以楚王襯玄宗，含有古人不及今人之意。
- 借問二句：意謂以美貌著稱的趙飛燕還要靠著新妝才能和楊貴妃相比。
- 名花：指牡丹。
- 傾國：美女，指楊貴妃。
- 解釋：解散消釋。
- 沉香亭：以沉香木修建的亭子。

譯文注釋

貴妃的衣服真如霓裳羽衣一般，簇擁著豐滿的玉容，美麗的牡丹花在晶瑩的露水中顯得更加冶艷。這樣艷絕人寰的花容玉面，恐怕只有在上天仙境才能見到！

牡丹的天然美與含露之美。昔日楚王為神女而斷腸，其實夢中的神女那及當前的花容面。漢成帝的皇后趙飛燕還得倚仗新妝，那及得眼前花容月的貴妃。

玄宗縱使有無限春愁，也可在此賞花中消釋，而斜靠著沈香亭北的欄杆，和貴妃一同賞花了。多麼優雅風流啊！

背景故事

李白是盛唐時代最有名的詩人。他從小就聰明好學，自稱「五歲誦六甲，十歲觀百家」，胸懷大志，一直想要憑藉自己的真才實學報效祖國，為朝廷出力。

在他四十二歲那年，受到唐玄宗的召見，被封為翰林學士。其實翰林院的才子們，並沒有什麼真正的職責事務，只是為了應制而設的。詩人卻誤以為這是皇帝給了他施展才華抱負的機會，所以就極力迎合玄宗的要求。

當時玄宗最寵幸的妃子就是楊玉環了。他常常為了陪伴佳人而不理朝政。因為楊貴妃愛遊玩作樂，他也就常常到處閒逛，有時帶著李白，只為了讓他作詩助興。

有一天，宮中牡丹花盛開了。唐明皇帶著楊貴妃來到興慶池東邊的沉香亭賞花。明皇叫樂師李龜年選十六個能歌善舞的弟子前來助興，並宣佈：「今天既然賞名花，就要詠妃子，不能唱那些老調子了。」於是又命李龜年去叫大名鼎鼎的詩人李白，來宮中當場吟詩，供他們歌唱。

李龜年派人到翰林院去召，說是李白一早就到街上喝酒去了。於是又逐個酒館一一的去找。找了許久，只聽一家酒館裡面傳出醉醺醺的唱歌聲：「三杯通大道，一斗合自然。但得酒中趣，莫為醒者傳。」進去一看，正是李白。

李龜年上前高聲宣道：「奉旨宣李學士至沉香亭見駕。」可是李白仍然不理會，還搖晃著腦袋說：「我醉欲眠君且去。」李龜年無奈，命人抬著李白下樓，總算放到馬上馱回去了。玄宗讓人給他灌了醒酒湯，命李白做幾首新詩歌詠牡丹花。李白一聽要讓他做詩，還要求玄宗賜酒，說自己「鬥酒詩百篇」，醉後詩寫得更好。於是唐玄宗賜酒，李白聽命

賦詩。做的就是這三首《清平樂》。

這三首詩時而寫花，時而寫人，言在此而意在彼，語似淺而寓意深。

第一首讚楊貴妃的美麗。起句連用兩個比喻，以白雲和牡丹比喻楊貴妃的服飾容貌美艷動人。兩個「想」字一筆兩到，把唐玄宗此時最為得意的「名花」與「愛妃」巧妙地聯繫起來：天上那多姿的彩雲，猶如貴妃翩翩的霓裳，而眼前嬌艷無比的牡丹，恰似貴妃的花容月貌。

接下來的詩句既是筆筆是花，又句句寫人。在明媚的春風中，亭檻下，那風華正茂、光彩照人，展示著造物者絕妙的手筆，使唐玄宗心馳神往的到底是怒放的牡丹，還是貌若天仙的美人？抑或是兩者相得益彰，互相媲美？接著詩人放開筆墨，從眼前實際的景物移開，轉換成天上仙境，說這樣美若天仙的女子，如果不是在群玉山中見到，也只能在瑤台仙境碰上。言外之意，這種難得的盛事，即「賞名花，對愛妃」所帶來的極大的感官享受與心靈美感，不是一般的俗人所能想像的。

詩人將楊貴妃比做嬌艷的牡丹，又比做瑤池天女下凡，雍容華貴，巧奪天工。

第二首寫楊貴妃因貌美而備受恩寵。首句以帶露香艷的牡丹花來比做楊貴妃，含有牡丹花承露，也如同楊貴妃受唐玄宗寵幸之意。次句用楚王和巫山神女相會的夢境，來反襯楊貴妃被玄宗寵愛之深。巫山神女和楚王只是夢中歡會，而現實中的楊貴妃則是集「三千寵愛在一身」，所以連神女也不如楊貴妃幸福。

最後兩句又用趙飛燕受寵於漢成帝和楊貴妃相比，說趙飛燕的美貌還得依靠濃妝淡抹，哪能比得上貴妃不施粉黛「天生麗質」呢！這首詩著重在傳說與歷史兩方面，抑古尊今，既讚美了楊貴妃的非凡氣度，又突顯出她在嬪妃中至高無上的地位。

第三首寫唐玄宗對楊貴妃的無限寵愛。李白不再借用比喻、傳說、神話等手法，而是放筆直書，牡丹乃國色天香花，楊貴妃是傾城傾國貌，詩人用「兩相歡」將其與盛開的牡丹相提並論。而「帶笑看」三字又將唐玄宗融入其中，使得名花美女與君王三者合一，缺一不可。如果沒有君王的關愛與恩澤，花草也罷，花容也罷，哪來如此的風光和體面？

「春風」一詞歷來可以用作君王的代名詞，所以這裡是一個雙關語。說君王心中哪怕有再多的煩惱，只要和貴妃一起來到這沉香亭畔的牡丹園中，也會被化解得無影無蹤了。這首詩運用的藝術手法主要是比擬，以牡丹與春風的和美比擬楊貴妃與唐玄宗的恩愛，十分新穎。

在三首詩中，李白把牡丹和楊貴妃交互在一起寫，花即是人，人即是花，人面花色交融在一起，蒙受著玄宗的恩澤。因此，一看到詩歌，玄宗和楊貴妃就非常喜歡。當下就命李龜年等人譜曲演奏起來。李龜年立即配上曲調，讓歌女們唱起來。一曲唱罷，明皇樂不可支，興趣盎然，起身拿起

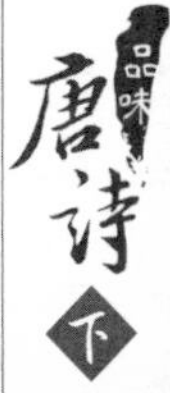

一支玉笛，親自為第二首伴奏。

樂聲又起了。滿園牡丹在微風中頻頻點頭，歌女的裙帶上下飄飛，明皇又沉浸在李白詩的情趣之中了……賞花之後，楊貴妃還常常獨自吟誦這首詠牡丹也是詠自己的詩，心中很得意。

縱橫馳筆的李白做詩的本意是討好楊貴妃，根本沒想到這幾首詩最後卻害了自己。原來李白平時為人傲岸，很瞧不起朝廷裡那些奸佞小人，因此把楊貴妃寵幸的太監高力士給得罪了。高力士一直嫉恨李白，總想找機會為難他。後來，就借這三首詩在楊貴妃面前說起李白的壞話來。

有一次，楊貴妃在讀此詩時，高力士見旁邊無人，便湊過去對她說：「李白在這首詩中譏諷娘娘，您沒感覺到嗎？」

貴妃不解地問：「怎麼見得？」

高力士答道：「西漢成帝的皇后趙飛燕私通宮外男子燕赤鳳，做了許多見不得人的勾當，她怎麼能同娘娘相比呢？」

楊貴妃一聽，臉紅到了脖子，原來她跟安祿山有私通關係，她認為李白指桑罵槐揭露她的隱私。從此她對李白懷恨在心，同高力士串通好說李白的壞話，加上唐玄宗對李白的詩文也漸漸失去了興趣，李白受到了冷落。李白幾次上書皇帝要求返鄉，唐玄宗正好順水推舟，賜他一筆錢讓他走了。從此，李白又過著到各地漫遊的生活。

※為保障您的權益，每一項資料請務必確實填寫，謝謝！

姓名		性別	□男　□女
生日	年　月　日	年齡	
住宅地址	郵遞區號□□□		
行動電話		E-mail	

學歷

□國小　□國中　□高中、高職　□專科、大學以上　□其他______

職業

□學生　□軍　□公　□教　□工　□商　□金融業
□資訊業　□服務業　□傳播業　□出版業　□自由業　□其他______

謝謝您購買 品味唐詩〈下〉 與我們一起分享讀完本書後的心得。務必留下您的基本資料及電子信箱，使用我們準備的免郵回函寄回，我們每月將抽出一百名回函讀者，寄出精美禮物以及享有生日當月購書優惠！想知道更多更即時的消息，歡迎加入"永續圖書粉絲團"

您也可以使用以下傳真電話或是掃描圖檔寄回本公司電子信箱，謝謝！

傳真電話：（02）8647-3660　電子信箱：yungjiuh@ms45.hinet.net

●請針對下列各項目為本書打分數，由高至低5～1分。

	5	4	3	2	1		5	4	3	2	1
1.內容題材	□	□	□	□	□	2.編排設計	□	□	□	□	□
3.封面設計	□	□	□	□	□	4.文字品質	□	□	□	□	□
5.圖片品質	□	□	□	□	□	6.裝訂印刷	□	□	□	□	□

●您購買此書的地點及店名______

●您為何會購買本書？

□被文案吸引　□喜歡封面設計　□親友推薦　□喜歡作者
□網站介紹　□其他______

●您認為什麼因素會影響您購買書籍的慾望？

□價格，並且合理定價是______　□內容文字有足夠吸引力
□作者的知名度　□是否為暢銷書籍　□封面設計、插、漫畫

●請寫下您對編輯部的期望及建議：

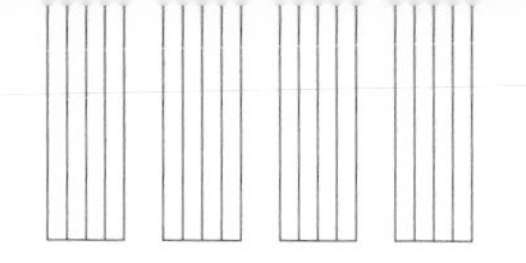

廣 告 回 信
基隆郵局登記證
基隆廣字第200132號

221-03

新北市汐止區大同路三段194號9樓之1

傳真電話：（02）8647-3660

E-mail：yungjiuh@ms45.hinet.net

培育

文化事業有限公司

讀者專用回函

品味唐詩（下）

培養文化育智心靈的好選擇